Claire PANIER-ALIX

Quetzalcoàtl

Roman

Fantasy

CLAIRE PANIER-ALIX

Première édition : « Les Songes de Tulà », édition Mango, collection « Les Royaumes Perdus », 2008, sous la direction de Xavier Mauméjean
© 2019 Claire PANIER-ALIX

ISBN :**9782322190843**

Illustration de couverture © **Licence Canva**

© 2019 Claire Panier-Alix

Éditeur : BoD-Books on Demand
12-14 rond-point des Champs-Élysées, 75008 Paris
Impression : Books on Demand, Norderstedt, Allemagne

du même auteur (bibliographie non exhaustive) :

Sang d'Irah (préquelle de la Chronique Insulaire)
(paru aux éditions Nestiveqnen en 2005 et aux éditions du Pré aux Clercs en 2009)

LA CHRONIQUE INSULAIRE :

(Trilogie parue aux éditions Nestiveqnen entre 2001 et 2004)
Les Grands Ailés (ancien titre : « l'Echiquier d'Einär)
La Clef des Mondes
Le Roi Repenti

Dragons : Petite introduction à la draconologie (étude)

Legendarium : Tolkien, Arthur et les mégalithes (essai)

Les Vieilles Pierres (recueil de nouvelles, fantastique)

Les Songes de Tulà (éd. Mango, collection « Royaumes Perdus », 2008)

Le retour de Cal de Ter (collectif, éd. Rivière Blanche, 2007)

Cuisine & Fantasy : ce que mangent les héros (2019)

CLAIRE  ALIX

QUETZALCOATL

PREMIERE PARTIE

« Le roi-oiseau »

986 de notre ère, Tulà Teotihuacan, Mexique

CLAIRE PANIER-ALIX

CHAPITRE 1

Nah raconte…

Je suis Nahualpilli, fils d'Opoche. Mes proches m'appellent Nah. Je suis un indien Yaqui.

À l'époque des faits que je vais vous raconter, je vivais dans un village, tout près de Tulà, la cité maya dont le nom complet signifie « *le lieu où les hommes deviennent des dieux* ». Nous, les Yaquis, habitions là bien avant que le peuple du roi Topiltzin ne nous envahisse et ne fasse de nous ses serviteurs.

Je n'étais pas tout à fait sorti de l'enfance. Mon père, Opoche, me disait souvent : « Nah, tu es un garçon intelligent et plein de bon sens, mais tu te laisses trop facilement emporter par l'enthousiasme ». C'était le sculpteur préféré du roi Topiltzin. C'est le plus beau métier du monde et il n'est pas donné à n'importe qui de pouvoir l'exercer. On dit qu'il faut avoir de la magie dans les doigts pour que les dieux vous laissent les représenter. Lorsque l'on y parvient, on est un peu plus qu'un homme à leurs yeux.

Je ne sais pas si c'est vrai, mais je crois que lorsqu'un dieu vous distingue vous n'avez plus qu'à trembler car votre existence en sera à jamais bouleversée.

Je ressemble à Opoche. J'ai son visage large et sa peau cuivrée, sa petite taille et ses épaules musclées, mais je n'ai pas sa sagesse. Je suis voué aux travaux manuels, je ne serai jamais un artiste. Mes mains aiment la terre, la boue, la pierre, et ma cervelle ne maîtrise vraiment que la langue de la forêt, celle de la chasse et des plantes. Pour moi, c'est cela, honorer les dieux : savoir les reconnaître dans les choses de la nature.

C'était une époque de grand trouble des esprits. Nous vivions tous dans l'angoisse, nobles Mayas et humbles Yaquis. Le temps était venu de laisser la place à une ère nouvelle : tous les calculs des prêtres l'affirmaient, la date à laquelle notre cycle s'achèverait sur le grand calendrier sacré était imminente. Depuis ma plus tendre enfance, j'entendais les anciens de mon village parler de ce moment tant redouté, le Katùn, quand les dieux feraient basculer notre monde dans le néant pour en bâtir un nouveau.

Plus on s'en rapprochait et plus les prêtres exigeaient des sacrifices sanglants pour amadouer le destin. Tous les Mayas pensaient que s'ils étaient bien nourris, les dieux les épargneraient au moment du cataclysme, aussi n'hésitaient-ils pas à servir avec zèle les divinités les plus sanguinaires car ils pensaient que c'étaient aussi les plus puissantes. Pour mon peuple, cette idée était plus effrayante que le Katùn lui-même, car c'était en priorité des enfants yaquis qu'on sacrifiait à ces dieux-là.

Mais les choses étaient en train de changer.

Le roi Topiltzin était désireux d'offrir une vie paisible aux siens, sans guerre et sans mises à mort inutiles. C'est pour cela qu'il les avait amenés jusque chez nous après la lutte fratricide qui l'avait opposé à son frère à Tollan, l'ancienne capitale. Tulà dormait alors depuis des siècles sous la végétation qui recouvrait ses ruines. Personne ne se souvenait qui l'avait bâtie. Topiltzin la fit dégager et s'y installa. Le souverain avait décidé de renoncer complètement aux sacrifices humains.

QUETZALCÓATL

Mais ses sujets continuaient de vénérer des dieux assoiffés de sang, parce que le peuple pensait que le sort du monde dépendait d'eux.

Depuis son installation à Tulà, le souverain avait donc pris son temps, modifiant peu à peu les rites, et ne sacrifiant que des Yaquis ou des prisonniers de guerre afin de ménager l'hostilité des prêtres dont l'autorité rivalisait avec la sienne en fonction de la divinité qu'ils servaient.

L'arrivée du Katùn précipitait ses projets. Il avait lui-même dessiné les plans d'un nouveau temple. Hérissé de statues représentant la tête du Serpent à Plumes, Quetzalcóatl, et entièrement peint de couleurs vives, ce temple était sensé nous sauver tout en nous guidant vers une ère nouvelle. Le bâtiment serait de taille modeste par rapport à l'immense pyramide dominant la cité, consacrée au féroce dieu Tezcatlipoca, mais c'était un signe : désormais, le règne sanglant de ce dernier devrait prendre fin, et l'on ne sacrifierait plus personne pour s'attirer ses bonnes grâces. Les prêtres, désavoués, murmuraient sur le passage du roi Topiltzin, attendant leur revanche…

Au moment où commence cette histoire, le temple de Quetzalcóatl n'était pas tout à fait terminé, et la cérémonie du Katùn, célébrant la fin du cycle, aurait lieu dans quelques jours. Si le nouveau sanctuaire n'était pas prêt à temps, les prêtres exigeraient qu'elle ait lieu sur la pyramide, ce qui donnerait l'avantage au cruel Tezcatlipoca. De nombreux enfants yaquis seraient alors mis à mort pour satisfaire ce dernier.

Papa travaillait alors sur le chantier du nouveau temple.

CLAIRE PANIER-ALIX

En le regardant sculpter avec soin les têtes de serpent, je me demandais parfois ce qu'il pensait de tout cela. Opoche était calme, appliqué, concentré sur son travail, rien ne semblait pouvoir l'en détourner. Pourtant, le soir, à la maison, faisant semblant de dormir dans mon hamac, je l'entendais murmurer avec mon grand-père, l'ancien chef des Yaquis asservis.

Ils étaient inquiets.

Cet après-midi-là, l'air était doux. Esclave yaqui, je devais moi aussi travailler sur le nouveau temple, mais ma tâche était moins noble que celle de mon père. J'apportais aux sculpteurs de quoi se désaltérer. Les poumons en feu après avoir gravi l'impressionnant escalier, je venais d'arriver sur le troisième palier du temple en construction. Deux hommes déchargèrent le long panier que je portais sur le dos, sanglé sur les épaules et sur le front par des nattes de chanvre. C'était ma dernière livraison de calebasses remplies de *pulque* désaltérante, car le soleil touchait presque la Porte de l'Ouest, déversant sur les toits de Tulà ses feux d'or et de sang. Le soir tombait et les ouvriers allaient partir.

Bientôt, le soleil disparaîtrait dans le monde d'En-bas, le royaume des dieux. La nuit envelopperait tout. Adoptant la forme du grand félin sacré, le dieu solaire commencerait à hanter la forêt en feulant pour éloigner les mauvais esprits et veiller sur le monde souterrain. J'aime beaucoup ce dieu, car il ne réclame aucune mise à mort. Il semble au-dessus des autres : quand il a faim, Soleil Jaguar se sert tout seul, il n'a pas besoin que les prêtres choisissent parmi les enfants yaquis lequel sera sacrifié pour qu'il accepte de se lever de nouveau le lendemain. Oh ! je ne conteste pas la nécessité de nourrir et d'honorer les dieux, mais je pense qu'ils n'ont pas créé la vie pour qu'elle soit gaspillée de la sorte.

Je fis jouer les muscles de mes épaules endolories. Je m'étirai et savourai les derniers feux du soleil sur ma peau moite et poussiéreuse. Autour de moi, l'activité du chantier ralentissait et les ouvriers commençaient à rentrer chez eux. Seuls quelques artistes s'attardaient pour achever leur ouvrage, concentrés sur les volutes de pierre dont la lumière du crépuscule allait révéler les secrets dans les ombres dansantes des flambeaux. Mes calebasses pleines de pulque étaient pour eux. Soudain mon regard s'arrêta sur la princesse Itzil qui escaladait les degrés et je murmurai son nom, presque malgré moi :

— Itzil…

Mutine et sauvageonne princesse Itzil Parac, qui aimait tant braver les contraintes de son rang en s'encanaillant en ma compagnie ! Nous avions grandi ensemble, mais j'avais compris bien avant elle que nos routes se sépareraient dès qu'elle serait en âge de se marier.

Je l'avais compris, lorsque, encore petit, on m'avait raconté cette histoire. Le père d'Itzil, qui était le frère aîné du roi, avait assassiné leur père pour s'emparer du trône de Tollan. Il servait Tezcatlipoca dont il était le Grand Prêtre. Topiltzin était très jeune, à l'époque, pourtant il avait éliminé tous ceux qui avaient aidé son frère à prendre le pouvoir, puis il avait lui-même décapité l'assassin, faisant d'Itzil une orpheline. Ensuite, il décréta que la ville de Tollan était maudite et guida son peuple jusqu'à Tulà. Le destin d'Itzil était lié à celui de la cité, l'histoire de ses origines se mêlait au combat des dieux, tandis que moi, je n'étais qu'un petit esclave yaqui…

J'accrochai le regard de ma princesse alors qu'elle faisait une courte pause entre deux blocs pour scruter le sommet du bâtiment en construction, la main en visière :

— Nah ! m'appela-t-elle en riant.

Je lui fis signe en agitant les bras. Itzil Parac n'avait pas encore quinze ans. Elle était si belle, dans la lumière du soir ! Sa tunique fendue sur les côtés mettait en valeur ses longues jambes cuivrées, ses bras chargés de bracelets et sa chevelure d'un noir brillant nattée autour de son crâne oblong — si prisé chez les Mayas de haut rang — piquée de plumes écarlates et vertes. J'étais très jeune moi-même, et je l'aimais depuis toujours.

— J'ai réussi à quitter le temple des Filles de l'Eau avant qu'on ne vienne me chercher pour le rituel du soir, mais je n'ai pas beaucoup de temps devant moi, dit ma princesse quand elle m'eût rejoint sur la terrasse.

Sans nous douter que nous étions observés, Itzil et moi échangeâmes un baiser d'enfant. Mon amie soupira, parut se souvenir de quelque chose et se dégagea, mutine :

— Pourquoi n'es-tu pas venu, hier, comme prévu ? Je t'ai attendu !

QUETZALCOATL

Je haussai les épaules en faisant la moue, l'œil noir, et fis mine d'éluder le sujet. Elle insista, me forçant à la regarder dans les yeux :

— Alors ? N'avais-tu pas promis de venir me chercher, Nah ? Et de m'emmener avec toi ?

Comme elle fronçait les sourcils, j'enchaînai :

— Je ne suis pas venu parce que Grand-Père m'a fait un sermon à cause de l'autre jour, et je suis resté coincé à la maison. Après notre dernière escapade en forêt, les prêtres sont venus et ont menacé d'interdire à mon frère Epcoatzin de participer à la partie de balle lors de la cérémonie. Tu imagines le drame ! Pour une fois qu'un Yaqui pourra jouer à la Pelote ! Du coup, ma mère a pleuré, Ep' m'a fichu une raclée et Grand-Père m'a obligé à rester à la maison en dehors des heures de travail…

Itzil éclata de rire, la tête renversée, les mains sur les hanches. Je me renfrognai et me détournai, faisant mine de m'intéresser à la table de granit qui servirait d'autel, lorsque le temple serait achevé.

Mes petits tracas familiaux devaient sembler bien dérisoires à la nièce du roi, comparés à ses soucis de princesse maya ! À cet instant, je dois l'avouer, Itzil me fit l'effet d'être une petite fille gâtée, insouciante, qui avait tort de se moquer des problèmes des pauvres gens. Si l'équipe de mon frère Epcoatzin gagnait ce match et que nous échappions à la fin du monde, il pourrait entrer dans la garde royale et ses fils auraient les mêmes privilèges que les Mayas. Si son camp perdait, les joueurs seraient décapités et leurs familles risquaient d'être mises à mort pour conjurer le sort. La décision serait prise la nuit suivant la partie, et dépendrait de ce que liraient les prêtres dans les étoiles.

Itzil minauda :

— Allons bon… Tu es fâché ? Moi, je te pardonne de m'avoir laissée t'attendre en vain…

Elle me tira par le bras.

— Regarde, Nah, comme c'est beau !

La magie divine opérait sur Tulà : Le soleil du soir jetait des reflets mordorés sur nos visages émerveillés tandis qu'un grand aigle passait au-dessus de nous en criant. En-bas, un jaguar lui répondit, caché par les frondaisons de la forêt. Un essaim de colibris jaillit de l'océan de verdure et s'enfuit vers le sud, du côté des montagnes.

Le silence retomba petit à petit, alors que les derniers ouvriers s'en allaient. Le cœur battant, Itzil et moi restâmes seuls, assis épaule contre épaule dans une niche décorée d'une tête de mort. Nous savions que le jour approchait où il faudrait cesser de nous voir. Depuis un petit moment, cela devenait de plus en plus difficile. Nous n'étions plus des enfants et la tolérance bienveillante du roi Topiltzin, l'oncle d'Itzil, cédait le pas aux convenances et aux enjeux qui pesaient sur la tête de mon amie.

Itzil appartenait au clan de Quetzalcóatl et elle était en âge de se marier. Topiltzin n'avait pas d'héritier. La moindre chose nous rappelait désormais que notre amitié était impossible. Notre naissance, notre race et la situation de Tulà elle-même.

QUETZALCOATL

Ce que nous ne savions pas à ce moment, c'est que la fin du cycle allait emporter tous nos rêves…

Je posai mon menton sur la tête d'Itzil et enveloppai ses épaules de mes bras.

— Il commence à faire frais, dit-elle en regardant le paysage. Je vais devoir rentrer pour rejoindre mes cousines dans le sanctuaire du roi.

J'avais du mal à imaginer mon amie, habillée en prêtresse, assistant notre maître lors de l'offrande qu'il faisait chaque jour en se tailladant les chairs avec des lames d'obsidienne. Depuis l'instant où il avait décidé de mettre fin aux sacrifices humains, notre souverain versait en effet son propre sang au lieu de celui de son peuple pour que les dieux en aient leur content. Et tant que les dieux le soutenaient en faisant tomber la pluie et briller le soleil, il continuerait à régner sur Tulà. Je ne pus me retenir et déclarai :

— J'admire le roi d'accepter de souffrir autant pour un peuple qui lui en est si peu reconnaissant, tu sais. Si j'étais à sa place, j'aurais cessé depuis longtemps. Topiltzin aurait dû renoncer à donner son sang quand le peuple de Tulà a commencé à murmurer sur son passage. Jamais un chef yaqui n'aurait toléré ça !

Itzil répondit en soupirant :

— Les habitants de Tulà mettent bien peu d'enthousiasme à bâtir le nouveau temple, c'est vrai. Ils reprochent à mon oncle de les avoir obligés à abandonner Tollan pour venir s'installer ici.

Itzil se tut un instant, puis elle demanda pour détourner la conversation :

— Il va jouer quand même, Ep' ?

Comme elle se dégageait de mon étreinte, je me renfrognai.

— Oui, bougonnai-je en la regardant se relever.

— Un jour, tu auras peut-être la même chance que lui. Et imagine que ton frère gagne la partie ? Il sera peut-être autorisé à entrer dans la garde !

Je haussai les épaules :

— Moi, je ne tiens pas à échapper à mon sort. Si je pouvais devenir aussi bon sculpteur que mon père, je serais satisfait. Nous autres Yaquis ne sommes peut-être pas de vrais Mayas, mais nos œuvres durent, gravées dans le roc…

Itzil fit la moue :

— Si tu restes simple tailleur de pierres, nous serons séparés !

Sa façon de vouloir absolument croire en l'impossible m'agaça. Nous savions que nous ne serions jamais autorisés à vivre ensemble, à fonder une famille.

— Tu t'imagines que si je deviens un bon joueur de pelote et que je fais gagner mon équipe, mon sang cessera d'être celui d'un Yaqui pour devenir celui d'un Maya, et que je pourrai prétendre épouser une princesse ? Allons…

QUETZALCOATL

— Il a raison, Itzil Parac ! fit une voix aigre au-dessus de nous. Je te félicite, mon garçon, de savoir où est ta place et quel est ton rôle. À présent file, si tu veux que je ferme les yeux sur ce que je viens de voir…

Pétrifiés, nous n'osâmes pas sortir de notre niche. Il fallut quelques secondes à Itzil pour retrouver ses esprits et soupirer en reconnaissant la voix d'un des serviteurs de Tezcatlipoca :

— Ah, c'est toi, Nixtatl. Que fais-tu là ?

— Tu es attendue au palais, princesse, répondit le prêtre avec quelque chose de glacé dans la voix.

Je le connaissais, il travaillait à la grande pyramide. C'était ce qu'on appelait un « polisseur de miroirs ». Il récoltait les plus belles pièces d'obsidienne et passait son temps à les astiquer afin qu'elles brillent et capturent des reflets du monde pour le compte de son dieu. Les prêtres de Tezcatlipoca décryptaient l'avenir en se penchant sur ces miroirs de pierre noire. Ils étaient craints pour cela, car celui qui peut prédire des malheurs peut aussi prétendre avoir le pouvoir de les éviter en ordonnant quelques sacrifices aux dieux…

— J'arrive, fit Itzil avec dédain. Descends m'attendre dans la cour de la citadelle.

La jeune fille s'était levée et faisait à présent face à son interlocuteur. De ma cachette, je ne voyais que ses sandales, le bas de sa tunique multicolore et ses poings serrés. Itzil se tenait très droite, les bras raidis le long du corps, tous ses bracelets ramassés sur le cou de main. Je me sentais tout petit, soudain, le cœur au bord des lèvres, la nuque hérissée, oppressé dans cette niche de pierre réservée à une idole symbolisant la mort.

La voix du prêtre me parvint déformée, pleine d'échos désagréables:

— *Nahuaque*, je vois que tu portes des plumes dans tes cheveux en hommage à Quetzalcoatl, le Serpent à Plumes, mais n'oublie pas qui est ton créateur. Tu ne pourras pas toujours résister à ta destinée !

Je sursautai en entendant ce nom qu'il lui avait donné. « Nahuaque », dans la langue maya, cela signifie « Vent de la Nuit ». C'est la marque des enfants consacrés dès leur naissance au culte sanguinaire du dieu Tezcatlipoca. Pourquoi appelait-il mon amie ainsi ? En souvenir de son père ?

— Prends garde, murmura Itzil. Je suis vouée à Quetzalcóatl et tu ne me fais pas peur. Il traversait le ciel sous la forme d'un aigle quand tu as fait ton apparition. Il t'a à l'œil et tu n'as rien à faire ici. C'est son temple, pas celui de Miroir Fumant.

La façon dont elle prononça le surnom de Tezcatlipoca me glaça le sang. Les Mayas l'appelaient ainsi en référence au plus terrible de ses talents : le pouvoir de lire l'avenir dans les reflets. On disait que d'un simple regard dans son miroir, Tezcatlipoca pouvait manipuler le destin des hommes. « Ne défie pas ce dieu cruel, Itzil ! » la suppliai-je en pensées. Mais elle continua, sûre d'elle :

QUETZALCÓATL

— Je vois dans tes yeux à qui j'ai à faire, tu ne sais pas aussi bien imiter les hommes que tes prêtres le prétendent !

Le crépuscule approchait et il commença à faire froid. Je décidai qu'il était temps d'intervenir et fis mine de me lever à mon tour. Mais la main de mon amie me fit signe de n'en rien faire.

— Nahuaque… Nahuaque… scandait la voix désagréable du prêtre de Tezcatlipoca.

Je réalisai soudain qu'à travers Nixtatl, c'était le cruel dieu qui parlait et je me tassai davantage dans l'alcôve, comme tétanisé, tandis qu'Itzil l'affrontait courageusement :

— Mon nom est Itzil Parac, de la famille de Topiltzin, pas Nahuaque !

— Nahuaque… C'était ton nom, tu es née à Tollan avec le Vent de la Nuit, et ton père était le grand prêtre de Tezcatlipoca. Tu auras beau cacher les marques de ton véritable maître sous des parures de plumes colorées, tu ne pourras pas repousser mes appels éternellement… Tu es née pour me servir, pas Quetzalcóatl. Ton père était le frère aîné du roi, c'est lui qui devait gouverner Tollan en mon nom. Topiltzin l'a mis à mort, mais tu restes la chair de sa chair et tu appartiens au dieu que ton père servait, même ici, loin des murs de l'ancienne capitale. Je règnerai sur Tulà comme je le fis sur Tollan, et je me ferai une parure avec la peau de ton Quetzalcóatl, ma pauvre petite !

La princesse se raidit à l'évocation de cette parenté dont elle avait si honte. Mais elle s'exclama avec véhémence :

— Pour te plaire, mon père a assassiné ses propres parents pour s'emparer du trône. Il a été puni pour ses crimes ! Quitte ces lieux, Miroir Fumant, et espère que je ne rapporte pas tes paroles au roi !

La voix de la princesse tremblait un peu. Je tendis la main pour effleurer la sienne, espérant la réconforter, ou la soutenir, je ne savais trop. Je retins mon geste au dernier moment. Le bruit des sandales du prêtre qui s'éloignait en ricanant stimula mon imagination. La vision de Tezacatlipoca, le terrible rival du Serpent à Plumes, faisant face à la frêle Itzil s'imposa à moi. Pire que tout, je réalisai que j'étais trop terrorisé pour protéger mon amie. Je n'étais qu'un jeune Yaqui et j'en eus honte.

Un long moment s'écoula ainsi, puis Itzil se baissa et déposa un baiser sur ma joue. Le geste était très tendre, mais le regard qu'elle plongea dans le mien était sombre. Je crus y lire de l'inquiétude et de la colère.

Tezacatlipoca est tout le contraire du Serpent à Plumes. On raconte qu'un monstre marin lui aurait dévoré le pied alors qu'il participait à la création du monde avec Quetzalcóatl, et que cette difformité l'aurait rendu jaloux de son frère ailé. La vérité, à mon avis, c'est que Miroir Fumant est cruel et fourbe et qu'il se fiche bien du mal qu'il peut faire du moment qu'il peut se distraire. On ne peut pas lui faire confiance, parce qu'il change d'apparence sans arrêt.

Il avait beaucoup de partisans à Tulà, car ses prêtres faisaient courir le bruit qu'il sauverait du cataclysme ceux qui sauraient lui plaire. En voulant remplacer son règne sanguinaire par celui du Serpent à Plumes, le roi s'était fait beaucoup d'ennemis…

De gros nuages noirs commençaient à s'amonceler au-dessus de Tulà et le vent devenait menaçant.

— Allez, viens, allons-nous en, il va faire nuit, souffla Itzil en me tendant la main pour m'aider à me relever.

—Pourquoi t'a-t-il appelée « Nahuaque » ? C'était quoi, cette histoire ?

Elle éluda :

— Dépêchons-nous. Il ne nous reste pas beaucoup de temps et tu dois traverser la Main d'Iztammà pour rentrer chez toi.

Sa main effleura ma joue et elle ajouta, dans un murmure :

— Fais attention en la traversant. Tu sais que c'est là que se trouve le cenote d'Iztammà, l'une des deux portes du royaume des dieux. Ne t'en approche pas, Nah… Pas ce soir…

Elle n'en dit pas plus, mais son altercation avec Tezcatlipoca en cette période troublée engageait à la plus grande prudence. Je pris un air farouche, pour la rassurer :

— La nuit ne m'effraie pas. Les dieux savent que je ne fais rien de mal en traversant leur bout de forêt. Je ne menace pas le monde d'en dessous, je n'ai pas du tout l'intention d'aller faire un tour là où on ne m'invite pas… Rassure-toi, je ne passerai pas près de la porte sacrée. Mais réponds-moi, Itzil… Tu as des soucis avec les prêtres de Tezcatlipoca ?

La jeune fille pâlit et son regard s'assombrit de nouveau. Elle me dévisagea comme le faisaient parfois les guerriers mayas et je détestai cela. Itzil répondit avec gravité :

— Puisque tu ne comptes pas t'immiscer dans les affaires de l'En-bas, ne pose pas de questions sur ce qui se cache derrière ses portes. Laisse l'enfer aux Mayas, Nahualpilli le Yaqui.

Le feu aux joues en l'entendant prononcer mon nom complet, je lâchai la main de mon amie et cessai de marcher. Elle continua de descendre et se trouvait deux gradins en dessous quand elle se retourna. Elle leva vers moi son beau visage mordoré. Le vent du soir soulevait le duvet coloré des plumes piquées dans ses cheveux. Sa lèvre tremblait un peu.

— Itzil, demandai-je doucement. Explique-moi… Je peux t'aider ?

— Non, tu ne le peux pas.

Itzil me regarda droit dans les yeux, désemparée, puis on entendit un jaguar feuler. Elle sursauta, se reprit et retrouva le sourire que j'aimais tellement :

— Je dois me dépêcher, Nah. Ils m'attendent pour préparer le rituel du soir. Promets-moi que tu m'emmèneras à la chasse avec toi demain et que cette fois, tu ne me feras pas faux bond ! Je veux porter le collier de plumes que tu feras pour moi lors de l'inauguration du temple de Quetzalcóatl. Une ballade en forêt me changerait les idées. C'est sinistre, au palais, ces temps-ci… Et comme tu as pu le constater, les prêtres de Tezcatlipoca sont plutôt casse-pieds.

QUETZALCOATL

Je fis oui de la tête, n'osant pas insister. Ravie, ou feignant de l'être, elle bondit jusqu'à moi et m'embrassa avant de s'élancer en riant vers l'avenue bordée de petits temples menant au palais.

C'est le dernier souvenir heureux que je garde de mon Itzil.

CLAIRE PANIER-ALIX

CHAPITRE 2

Nah raconte…

Je venais tout juste de quitter Itzil lorsque les dieux décidèrent de m'impliquer dans leurs projets. Sortant de la grande cité de pierre pour rejoindre mon village, je m'enfonçai dans le sous-bois séparant la ville des faubourgs yaquis. Une pensée m'effleura : ces ténèbres n'avaient rien de normal, il n'était pas si tard…

J'essayai de surprendre dans le silence les moindres frémissements de cette nuit soudaine. On n'entendait plus que le vent léger qui s'était levé sur la plaine de Tulà, annonçant la pluie. La gorge serrée, j'aperçus la silhouette furtive d'un fauve qui s'en allait chasser. Heureusement, l'alizé était à mon avantage et le dieu Soleil qui prenait la forme d'un jaguar blanc une fois la nuit tombée, ne parut pas noter ma présence. J'adressai quelques mots secrets au félin sacré et pressai le pas, inquiet de m'être laissé surprendre par la nuit.

La Main d'Iztammà était un grand jardin boisé où s'entremêlaient les sapotilliers, les acacias à gousses vertes, les poivriers et les fleurs à cinq pétales des petits arbres acajous. En plein jour, il était plaisant de s'y promener, car il était frais et odoriférant. On y célébrait volontiers les naissances et les mariages. Mais là, il me glaçait le sang. Je craignais à chaque instant de me retrouver nez à nez avec le gardien des lieux. L'avertissement d'Itzil me revenait en mémoire. Comment justifier ma présence si près de la porte du royaume d'En-bas, le monde où résident les dieux et les morts que Soleil Jaguar avait pour mission de protéger des intrus ? Il ne fallait pas traîner : plus vite je l'aurais traversé, plus vite j'aurais rejoint le village… et serais à l'abri.

Je décidai de laisser le clapotis de la rivière me guider dans ce dédale menaçant.

Un petit moment s'écoula, entre incertitude et angoisse, quand un bruit suspect me fit sursauter. Certain d'avoir entendu des pas, juste à la lisière du bois, quelque part dans les ténèbres, je m'accroupis derrière un agave et dégainai le coutelas en silex qui me servait pour chasser. À découvert, au tournant de la corne de la forêt formée par la rivière, une longue silhouette venait de surgir de l'ombre et se détachait dans un rai de lune. C'était un homme. Il s'arrêta.

Hâve, il avait un regard de bête traquée. A l'effort qu'il faisait pour se redresser, s'accrochant aux troncs blafards des grands ceibas, je devinai que ses jambes ne le portaient quasiment plus. Il semblait blessé. Le sang caillait en une traînée noire qui coulait le long du bras depuis l'épaule. Ses pommettes et son front saignaient aussi.

L'homme tituba jusqu'à la rive et se laissa tomber à genoux sur une petite anse de sable. Sa poitrine se soulevait par à-coups. Depuis ma cachette, j'entendais son souffle rauque et haché. Les ramées, malmenées par le vent qui devenait de plus en plus fort, passaient devant la lune et m'empêchaient de distinguer ses traits. Mais quelque chose d'indéfinissable me poussait vers lui. J'oubliai mes craintes et tendis le cou par dessus le taillis pour mieux voir.

QUETZALCOATL

L'inconnu resta un long moment immobile, agenouillé au bord de l'eau, les bras inertes le long des cuisses, paumes offertes, le regard perdu vers les reflets de la déesse-lune dansant sur l'onde noire. Il y avait quelque chose de touchant dans son attitude, quelque chose qui me faisait de la peine. Je ne savais rien de lui ni de ce qui lui était arrivé, mais j'avais le sentiment qu'il avait besoin de mon aide. J'étais prêt à me lever pour la lui accorder lorsqu'une odeur fauve que je reconnus aussitôt me parvint, portée par le vent. Mes cheveux se hérissèrent sur ma nuque et je me tassai sur moi-même. Soleil-Jaguar ! Je tournai la tête de tous les côtés, l'oreille tendue. Rien. Le ciel s'obscurcit. Soudain, une voix monta depuis la rivière :

— Je t'ai donné mon frère, ma femme et mon fils. Je n'ai rien d'autre à t'offrir, désormais, ô Quetzalcóatl ! N'hésite pas davantage, si c'est le prix à payer pour sauver mon peuple ! Quel roi pourrait rêver d'une gloire plus grande que cette mort-là ? Fais vite, car ton frère a déjà tenté de me tuer. Il me poursuit. À travers moi, c'est toi qu'il cherche à atteindre. Prends mon sang, prends mon corps, viens à Tulà et fais que les miens survivent au Katùn !

Les yeux écarquillés, je vis les nuages libérer la lune, dévoilant le visage de l'homme qui s'exprimait ainsi.

C'était le roi Topiltzin lui-même que j'avais devant moi ! À quel prodige interdit étais-je donc en train d'assister ? Pourquoi n'était-il pas au palais, puisqu'avant de me quitter, ma jolie Itzil m'avait dit qu'il y avait un rituel ce soir ? Qui avait bien pu le blesser si cruellement et que signifiait cette prière étrange, au cœur du jardin des dieux ? Je n'eus pas le loisir de m'interroger davantage, car une douleur épouvantable me coupa le souffle. Une patte énorme me lacérait l'épaule de ses griffes tandis que le poids du grand jaguar blanc me plaquait au sol, épouvanté.

Une voix sonna dans mon cœur, comme l'écho d'un lointain souvenir qui s'attaquerait par vagues, de ressac en ressac, à mon esprit paniqué : « Calme-toi, Nah », me dit-elle, douce et impérieuse à la fois. « Et regarde, puisque tu ne peux encore rien y faire… Je ne te veux aucun mal. Au contraire. Je t'ai laissé venir ici pour que tu le sauves… »

Je n'y comprenais rien. Ma terreur était si forte que je sentis quelque chose de chaud couler le long de ma jambe. Comme je ne pouvais détacher mon attention de cette masse qui me labourait le dos, une langue râpeuse me tira la joue et la poigne griffue s'enfonça de nouveau dans mes chairs. Le jaguar blanc murmura : « Regarde et ne perds rien de ce que tu verras, enfant ! »

Soleil Jaguar écrasa l'agave de sa patte libre et je me contorsionnai pour pivoter la tête vers le roi de Tulà.

Topiltzin était toujours agenouillé, tourné vers l'étendue d'eau désormais inondée par la lumière de la lune. Je m'aperçus alors qu'il ne s'agissait pas de la rivière, mais d'un puits sacré. Mon ventre se serra. Malgré ma promesse à Itzil, mes pas m'avaient conduit jusqu'à l'une des portes du royaume interdit. Déjà, je pouvais distinguer les silhouettes aux formes changeantes des démons qui montaient vers la surface depuis ses profondeurs abyssales. Quel imbécile j'étais

! Sans l'intervention du dieu Jaguar, j'aurais pénétré dans l'En-bas…

Impuissant, hypnotisé par le ronronnement du fauve sacré résonnant dans tout mon corps, j'assistai alors au plus extraordinaire spectacle qui puisse exister en ce monde…

La lune ourlait de bleu la forêt et le trou d'eau, tandis que l'air humide de cette nuit étrange rendait chaque son magique, effrayant, unique. Fantomatique.

Les formes qui s'ébattaient sous l'eau couleur jade s'approchaient de la surface blanchie par les remous.

« Regarde, regarde ! » intima encore Soleil Jaguar, son haleine terrible soufflant à mon oreille.

Le roi Topiltzin se tenait toujours à genoux au bord du bassin naturel, les bras le long du corps, son visage et ses épaules déchirés par des larmes de sang, mais il semblait paisible. Il ne disait rien, tout à sa contemplation de la porte de l'En-bas en train de s'entrouvrir en réponse à son appel.

Je n'arrivais pas à détacher mes yeux des plaies qui déformaient les traits du maître de Tulà et faisaient saigner ses omoplates. J'avais l'impression que son corps changeait de forme. Ou plutôt que quelque chose, à l'intérieur, devenait trop ample pour lui et s'apprêtait à sortir, comme les nymphes des grandes libellules vertes.

J'avais entendu parler de ce phénomène, mais je ne saurais dire à quelle occasion. De temps en temps, les dieux prennent corps et deviennent hommes à leur tour, afin de pouvoir profiter de ce monde pour lequel ils meurent et renaissent si souvent. S'incarner pour être capables de sentir le parfum des fleurs, le goût des mangues, la caresse du vent et celle de l'amante, la fraîcheur du bain dans la cascade… Mais à cette occasion, les dieux deviennent aussi vulnérables que des nourrissons, et l'âme de celui auquel ils ont emprunté le corps est retenue prisonnière dans l'En-bas.

La tête de mon roi s'inclina sur le côté et son torse se souleva comme s'il prenait une grande inspiration. Ses épaules roulèrent et je vis ses chairs se fendre comme un fruit trop mûr. Une paire d'ailes jaillit et se déplia, rattachée à ses bras par une fine membrane nacrée. Son front et ses pommettes déjà en sang furent transpercés par de longues cornes très minces qui ondulèrent autour de sa tête avant de se rabattre sur sa nuque et de s'étoffer d'un magnifique plumage émeraude.

Bientôt, tout son corps se couvrit de la fabuleuse livrée de l'oiseau quetzal tandis qu'il restait immobile, mi-homme mi-dieu. C'est alors que les formes qui s'esquissaient dans l'eau commencèrent à émerger, grondantes, comme si elles avaient attendu ce moment avec impatience. Toujours plaqué au sol par Soleil Jaguar, je gémis de frayeur, pris d'un mauvais pressentiment, mais ce n'était pas à moi que je pensais : je n'avais d'yeux que pour le roi. Si le dieu Jaguar m'avait libéré de son emprise, je ne me serais pas enfui, au contraire. J'aurais tapé dans mes mains, j'aurais tenté de sortir le roi-oiseau de sa dangereuse extase, du moins c'est ce que je crois. Je sentais que ces créatures lui voulaient du mal, qu'il soit Topiltzin ou le dieu Quetzalcóatl. Pourtant, je n'ai pas crié, rendu muet par l'épouvante.

QUETZALCOATL

Trois silhouettes sortirent de l'eau, d'abord à peine ébauchées. Des sortes d'ombres massives, pourvues de moignons de tête, de bras et de jambes. A mesure qu'elles avançaient vers Topiltzin — ou bien était-ce le dieu Quetzalcóatl, empruntant le corps du roi ? — et que la lumière de la lune se posait sur elles, je les distinguais les unes des autres.

Le premier démon avait une tête énorme avec des dents de pécari et des petits yeux d'un rouge intense et lumineux. L'un de ses bras était beaucoup plus gros que l'autre et son poing ressemblait à un marteau. Il le brandissait devant lui en poussant des cris rauques.

La forme suivante était ramassée sur elle-même. Elle m'évoqua une espèce de crabe d'un vert sombre qu'on trouve dans la vase des marais. Ce démon avait deux têtes qu'il agitait de droite et de gauche en salivant abondamment. De ses larges épaules saillaient des bras que je ne parvins pas à dénombrer car ils se confondaient avec les jambes — ou plutôt les pattes — qui le portaient.

Mais la créature qui me tétanisa vraiment fut la dernière, car je la connaissais.

De prime abord, elle était moins effrayante, car elle ressemblait à un homme.

Cette silhouette, je l'avais souvent vue sur les bas reliefs qui ornent les murs de Tulà. Elle était grande et cachait son visage tatoué sous un capuchon de fourrure rayée jaune et noir. Elle paraissait âgée, avec une musculature sèche et longiligne. Elle boitait ferme, depuis que son pied avait été dévoré par un monstre. Mais il ne fallait pas se fier à cette apparente fragilité, je le savais. C'était Tezcatlipoca en personne, l'agile et redoutable maître des ombres, le seigneur de la magie noire, du vent de la nuit et de la traîtrise. L'ennemi juré du pacifique dieu Quetzalcóatl.

Encadré des deux démons, Tezcatlipoca marcha d'un pas sûr vers Topiltzin-Quetzalcóatl et lui décocha un coup de pied d'une violence inouïe. Sur mes épaules, la pression des griffes de Soleil Jaguar m'arracha des larmes et je chuchotais, le cœur au bord des lèvres :

— Pourquoi le laisses-tu faire, puissant seigneur ?

Il ne me répondit pas. Impuissant, j'assistai alors aux coups cruels qui s'abattirent sur le roi de Tulà dont le corps emprisonnait le plus grand des dieux, le rendant incapable de se défendre tant que la mutation ne serait pas achevée.

Cela dura une éternité. Lorsque chacun des démons eut cogné tout son saoul et sembla satisfait, un grand silence s'abattit.

Tezcatlipoca s'approcha de la forme ensanglantée gisant sur le sable et se pencha au-dessus d'elle, un petit objet brillant à la main. Certain qu'il allait lui donner le coup de grâce, je fermai les yeux. J'entendis un grondement mécontent et les rouvris juste à temps pour le voir ranger le miroir grâce auquel il pouvait deviner l'avenir des êtres dont il observait le reflet.

Miroir Fumant, comme nous l'appelions, cracha sur le corps du roi, qui était à la fois Topiltzin et Quetzalcóatl. Il resta là un moment à l'observer, perdu dans ses sinistres pensées. J'eus l'impression qu'il n'aimait pas ce qu'il avait appris de l'avenir, et qu'il se demandait comment il pourrait tourner les choses à son avantage. Tezcatlipoca donna un dernier coup de pied à sa victime, comme pour s'assurer que le Serpent à Plumes ne se relèverait pas, avant de faire signe à ses deux compères de retourner dans l'eau pour regagner le monde d'en dessous en emportant le corps du roi avec eux. De son côté, il prit le chemin de Tulà et se dirigea vers la forêt dont les ombres le happèrent.

Juste avant qu'il ne disparaisse de ma vue, j'eus l'impression que Miroir Fumant changeait d'apparence et adoptait la silhouette athlétique et harmonieuse du roi Topiltzin, telle que ses sujets la connaissaient.

Les deux démons le regardèrent s'enfoncer dans la nuit puis s'approchèrent à leur tour de la dépouille, toujours immobile. Ils la prirent chacun par une jambe et commencèrent à la tirer vers le bassin dont les eaux bouillonnaient d'impatience.

Je sentis la douloureuse pression de Soleil Jaguar se relâcher sur mes épaules. Son souffle caressa les blessures que sa patte m'avait infligées, et les guérit, ne laissant que de blanches cicatrices sur mon dos. Il pesa de tout son poids sur moi avant de me libérer enfin, bondissant en feulant, toutes griffes dehors.

Le grand dieu ne porta jamais aussi bien son nom qu'à ce moment-là. Je le vis changer de taille le temps d'un clignement d'œil et devenir plus gros qu'une maison et plus aveuglant qu'un brasier dans la nuit. Il ouvrit sa gueule phénoménale et dévora les deux monstres d'un coup. Aussitôt, les eaux du bassin se calmèrent et redevinrent aussi lisses et noires que peut l'être une mare au fond d'une forêt en pleine nuit. Soleil Jaguar rugit à en faire trembler le ciel, avant de recracher les démons qui avaient eu l'outrecuidance de franchir la frontière dont il avait la garde. Ce qu'il restait d'eux — une bouillie fangeuse — combla le trou d'eau qui disparut pour ne laisser qu'un marécage malodorant.

La Porte de la forêt avait été refermée.

Un nuage passa devant la lune et je ne distinguai plus rien. J'entendis le pas furtif du félin sacré s'éloigner dans les fourrés en m'abandonnant seul, en ces lieux étranges. Puis vint le silence, gâché par le bruit du vent dans les frondaisons, le hululement d'un hibou et la respiration hachée de mon roi, à quelques pas de moi.

Le blessé gisait à mes pieds. Topiltzin respirait encore, exhalant un souffle rauque qui me serrait le cœur.

— Mon roi… murmurai-je, ne sachant que faire.

Le Maître de Tulà était étendu sur le flanc. Il avait labouré le sol de ses ongles comme une bête touchée à mort. Il était très pâle et sa chevelure elle-même était devenue blanche. Ses mains se crispaient sur les poignées d'herbe qu'il avait arrachées en se débattant. Je lui soulevai la tête avec d'infinies précautions et lui essuyai le visage, maculé de sang et de terre. Sous mes doigts, je sentais que l'illusion du plumage s'était accentuée et, sans trop savoir pourquoi, cela me rasséréna. Peut-être la force du Serpent à Plumes avait-elle permis au roi de résister à ce qui aurait terrassé n'importe quel mortel ? Que devais-je faire ? Pourquoi le dieu Jaguar m'avait-il forcé à assister à cette scène et pourquoi avait-il empêché les sbires de Tezcatlipoca d'emporter Quetzalcóatl — prisonnier du corps de mon roi — si c'était pour le laisser là, avec pour seul secours un adolescent terrorisé ?

Devais-je courir en ville chercher de l'aide ?

Les paroles du prêtre qui avait menacé Itzil sur le chantier me revinrent en mémoire. Quelque chose me dit que mon roi ne serait pas en sécurité, là-bas, s'il n'était pas en état de se défendre. Je décidai donc de me tourner vers la seule personne en qui je puisse avoir une confiance aveugle : mon père, Opoche, « le gaucher habile ».

CLAIRE PANIER-ALIX

CHAPITRE 3

Nah raconte…

Le roi-quetzal reposait sur le dos, parfaitement immobile. Le duvet moiré de son visage et de son torse se soulevait délicatement au moindre souffle qui pénétrait par l'unique fenêtre de la maison. Sous ses paupières, ses yeux roulaient, seuls témoins de la vie habitant encore ce grand corps tourmenté.

Je regardais mon père sans rien dire. Opoche faisait les cents pas dans la petite pièce, le front soucieux.

— Tu n'aurais pas dû le ramener ici, fils, dit ma mère.

Nous l'ignorâmes. Elle soupira et continua d'ôter la barbe du maïs, assise en tailleur sur le sol de terre battue.

— Raconte encore comment c'est arrivé, Nah, demanda soudain mon père en se plantant devant la couche du blessé, les poings sur les hanches.

Je haussai les épaules et répétai mon récit d'une voix monocorde.

— Tu as vraiment assisté à cela ?

— Oui. Et crois-moi, si j'avais pu être ailleurs à ce moment-là…

Je frissonnai rétrospectivement tandis qu'il réfléchissait à voix haute :

CLAIRE PANIER-ALIX

— Qu'allons-nous faire ? Qu'allons-nous faire ?

La voix d'Opoche était calme, comme toujours. J'étais sûr que mon père finirait par trouver une réponse. Je savais aussi que j'avais bien fait de ramener le roi ici plutôt qu'au palais. Pourquoi, c'était une autre affaire, mais le dieu Jaguar avait été très clair. Il comptait sur moi pour *le* sauver, que ce soit mon roi ou le Serpent à Plumes ou les deux en même temps.

— Si les dieux ont puni ce Maya, c'est qu'il le méritait, fit encore ma mère, faussement concentrée sur son travail. Roi ou pas roi, on ne doit pas se mêler de ça…

Opoche tonitrua :

— Tu vas te taire, Chichima, sinon je te donne à manger aux caïmans !

Je sursautai. Jamais encore je n'avais entendu mon père parler ainsi. Quetzalcóatl s'agita sur la natte. Nous nous tûmes quelques instants. Finalement, mon père fit un mouvement du menton vers la chevelure blanche et le duvet multicolore de notre hôte :

— Il porte la marque du Serpent à Plumes et il a essayé de nous épargner en supprimant les sacrifices, reprit-il, réfléchissant à voix haute. Si Topiltzin disparaît, les partisans de Tezcatlipoca se vengeront sur nous. Le sang yaqui va de nouveau couler sur les pierres des pyramides… Si les prêtres le voient dans cet état, ils sauteront sur l'occasion. Tu as bien agi, mon fils… Mais qu'allons-nous en faire ?

Ma mère faisait la moue et ruminait dans son coin. La tension était telle, dans la petite pièce, que je sentais l'agacement sur le duvet de mes joues, comme si des moucherons d'orage venaient m'effleurer sans arrêt. Je me frottai vigoureusement le visage et hasardai :

— Le cacher jusqu'à ce qu'il récupère ?

— Bien sûr, fils, mais comment ? répondit aussitôt mon père. La nouvelle de son absence va vite se répandre…

— Si tu veux mon avis, ça m'étonnerait…

— Que veux-tu dire ? me demanda Opoche.

— Miroir Fumant va se garder d'en parler. Il va prendre sa place. Je l'ai vu, tout à l'heure, quand il partait en abandonnant le corps de Topiltzin : il lui ressemblait à s'y méprendre…

— Que des ennuis, ça c'est sûr, marmonna Chichima en se levant pour préparer la farine de maïs pour les galettes.

Sourcils froncés, Opoche regarda les nuées qui assombrissaient le carré de ciel de notre unique fenêtre et murmura :

— Je me demande si Tezcatlipoca a un moyen de savoir que le roi est encore de ce monde. S'il croit que ses sbires l'ont entraîné avec eux dans le royaume des morts, nous pouvons cacher le roi-oiseau en attendant qu'il reprenne des forces et puisse se venger. Sinon, Miroir Fumant va tout tenter pour le retrouver et se débarrasser définitivement de lui, et je ne pense pas que nous serons de force contre Tezcatlipoca et sa clique.

Je tournai la tête vers la silhouette étendue dans la pénombre et murmurai :

— Ce n'est pas seulement le roi qui est là, papa. Quetzalcóatl est en lui, pour de vrai. C'est pour ça que Miroir Fumant l'a attaqué ce soir : il ne voulait pas attendre que la métamorphose soit terminée. Le Serpent à Plumes saura ce qu'il faut faire, quand le corps de son hôte aura récupéré. C'est pour ça que Soleil Jaguar m'a demandé de l'amener ici. Je suis sûr…

Ma phrase resta en suspens.

— Quoi, Nah ?

— Itzil… Il faut que je la prévienne…

Opoche marcha à grands pas jusqu'à moi et me saisit fermement par le bras :

— Tu oublies ça tout de suite, garçon ! Personne ne doit savoir !

Je tentai de me dégager, mais sa poigne de tailleur de pierre me serrait comme un étau.

— Mais papa ! Elle est en danger ! C'est mon amie!

Opoche approcha son visage du mien et baissa la voix. Ses yeux étaient noirs et brillants, et sa peau, tirée sur des pommettes saillantes, pleine de rides profondes déformant les tatouages en forme de coquillages qui couraient de ses tempes jusqu'à son menton. Ces marques du temps, je les avais toujours connues. C'étaient des rides de joie et d'enthousiasme. Aujourd'hui, il n'y avait que ces prunelles assombries par l'anxiété :

QUETZALCOATL

— Écoute-moi bien, Nah… Il vaut mieux pour ton amie comme pour tout le monde que le roi Topiltzin reste en vie. Miroir Fumant est rusé et puissant, l'un des plus redoutables de tous les dieux que les Mayas aient amenés du nord avec eux. N'attire pas son attention sur la princesse en l'effrayant inutilement. Tant qu'elle ne se doute de rien, la vie continuera normalement pour elle.

Il se tut et planta ses yeux dans les miens, comme pour insister sur l'importance de ses paroles, puis il conclut d'une voix radoucie :

— Ne mets pas ton peuple et ton roi en danger. Jusqu'ici, tu as bien agi. Ne laisse pas tes sentiments prendre le pas sur la raison… Réfléchis, fils.

— Mais… essayai-je sans conviction, la tête pleine de visions concernant Itzil.

— Sois patient et va jusqu'au bout de la décision que tu as prise en sauvant Quetzalcóatl. Le temps viendra de s'occuper du palais, crois-moi…

La tension était à son comble. Un rai de lune traversa les nuages et pénétra dans la petite maison, éclairant le corps du blessé. L'un de ses bras avait glissé et pendait dans le vide, dévoilant une fine membrane le reliant à ses flancs, comme celle des grandes chauves-souris qui pullulent dans la forêt dès que la nuit tombe. A la différence près qu'elle se couvrait d'un plumage naissant aussi vert que celui de l'oiseau-roi, le quetzal…

CLAIRE PANIER-ALIX

CHAPITRE 4

Loin des yeux de Nah…

Itzil sursauta. Le store battait doucement contre la fenêtre de pierre et la pluie gouttait sur le tapis de coco. Dans la pénombre zébrée par les éclairs, le plafond se tatouait de formes grimaçantes. Les yeux grands ouverts, la jeune fille tendait l'oreille.

Quelque part, dans le palais, quelqu'un pleurait.

Ignorant que le dieu Tezcatlipoca avait remplacé son oncle, la princesse croyait que c'était le roi. Elle imaginait Topiltzin, arpentant les corridors, éclairé par les flambeaux tremblotants portés par ses deux nains préférés. Il sanglotait. Cela faisait partie du rituel des Ouragans, sensé apaiser les esprits qui erraient dans le secteur de la Porte de l'En-bas, l'autre entrée du royaume des morts se trouvant sous la plus grosse des pyramides, reliée au palais par un tunnel.

La tempête durait depuis plusieurs jours et la jeune fille se sentait responsable de la colère du dieu de la pluie. Après avoir quitté Nah, elle avait manqué le début du rituel du sang et le soleil avait déjà commencé sa course dans le monde du dessous quand l'offrande du roi avait été faite. Bien sûr, elle ne pouvait savoir que celui qui se faisait passer pour le prêtre-roi était arrivé en retard lui aussi, au grand dam des officiants, à cause de l'incident dont Nah avait été témoin.

Cette nuit-là, un déluge s'était abattu sur Tulà. Depuis, c'était comme si le cataclysme tant redouté avait commencé à tout emporter, pour laisser la terre nue, sans hommes ni joie. Le dieu tutélaire du roi, le Serpent à Plumes, semblait les avoir abandonnés, permettant aux autres divinités donner libre cours à leur fureur...

Tant de choses reposaient sur les épaules du roi ! Il y avait tellement de dieux à satisfaire !

Topiltzin était un très grand souverain. La princesse l'adorait, car en plus d'être un chef de guerre puissant et respecté, il connaissait les étoiles et les arts. Il dansait mieux qu'aucun de ses prédécesseurs, garantissant pluie, soleil et récoltes abondantes pour nourrir la population. En souvenir de son père qui avait été assassiné dans l'ancienne capitale maya, Topiltzin avait fait rebâtir la ville fantôme afin qu'aucune autre ne puisse rivaliser avec elle aux yeux des mortels et des dieux. Et il l'avait consacrée au fabuleux Quetzalcóatl.

Tulà était désormais immense : noyés dans un océan de verdure, des palais et des temples multicolores bordaient la large avenue entrecoupée de cours et d'escaliers, de statues et de stèles. Entourées de cèdres centenaires, des milliers de maisons, reliées entre elles par des patios colorés, s'étalaient à perte de vue dans l'ombre des pyramides. À côté de ces dernières, le Temple en construction ressemblait à une cahute de pierre, mais il était tellement plus beau !

QUETZALCOATL

La rivière Kan'Ya desservait cet univers de roche sculptée, guidée par d'innombrables bassins et autres canaux drainant les eaux de pluie, enjambés pas de nombreux escaliers fleuris.

Oui, un grand roi que celui-ci ! La princesse était fière de son oncle.

Dehors, la tornade faisait rage. Les éclairs jetaient des reflets multicolores sur le visage d'Itzil à chaque fois qu'ils illuminaient les gradins et les façades peintes des temples. La jeune fille remonta la couverture sous son menton. Elle crut entendre le rire caractéristique des deux nains royaux résonner dans les couloirs qui descendaient vers les antiques souterrains de Tulà.

Itzil ne pouvait s'empêcher de repenser à ce qui s'était passé sur le chantier. Nah lui manquait. Tendant l'oreille, elle chercha la voix du roi, de plus en plus lointaine. Tout était calme, jusqu'à l'averse qui semblait diminuer, mais elle savait qu'il n'en était rien. Il pleuvait depuis si longtemps que le bruit du ruissellement devenait familier, sans plus.

« Je dois me décider ! », se dit-elle. « Il faut que Topiltzin sache ». Mais le vent soulevait encore le store, jouant avec les ombres sur les murs et elle ne bougea pas. Itzil devait trouver le courage d'aller voir son oncle et de lui raconter comment Tezcatlipoca avait pris possession du prêtre Nixtatl pour s'adresser à elle devant Nah et la menacer ! Cette tornade n'était pas naturelle. L'adolescente était certaine que le dieu avait commencé à mettre sa menace à exécution.

Une bourrasque souleva le rideau de raphia tressé et s'engouffra en hurlant dans la petite chambre, crachant des feuilles, de l'eau et la clarté bleue de la nuit. Terrifiée, la jeune fille crut entendre le dieu infirme qui haïssait tant le chatoyant Serpent à Plumes lui susurrer encore : « *Nahuaque Nahuaque… Vent de la Nuit, tu es à moi et tu me serviras ! Nahuaque !* ». Elle se leva d'un bond, entoura ses épaules avec sa couverture et sortit en courant dans le couloir où une lumière chaleureuse la réconforta.

Itzil retrouva ses esprits et décrocha une des torches fichées dans le mur, avant de se faufiler discrètement vers les souterrains du palais où elle espérait trouver son oncle. Les corridors étaient glacés, les intempéries rendaient les pierres humides. On avait l'impression que les murs respiraient, enflés par les grondements du vent s'engouffrant par les conduits d'aération, et par les ronflements des gardes qui dormaient, affalés à même le sol, serrant contre leur poitrine des outres de mezcal.

Itzil connaissait la plupart d'entre eux car elle avait grandi à leurs côtés. Tous ces soldats étaient fils de seigneurs et beaucoup courtisaient la princesse, car elle représentait un beau parti. Le roi n'avait pas d'héritier. Ils passaient leur existence à faire la guerre, à jouer à la pelote et à célébrer la grandeur de Tulà en buvant. Indisposée par leurs manières et l'allure bestiale que leur donnait leur masque en peau de jaguar, la princesse espérait pouvoir reculer le jour où elle devrait se soumettre à l'un d'eux et devenir son épouse.

Après avoir emprunté une série d'escaliers en bois qui l'éloigna des étages d'habitation, Itzil parvint au niveau le plus ancien de Tulà. Elle n'était jamais descendue si bas. Les couloirs étaient déserts et elle n'avait que sa torche pour l'éclairer. Jetant de fréquents coups d'œil par dessus son épaule, certaine d'entendre des murmures sur son passage, la jeune fille ruminait. Elle sentait sa détermination grandir : elle n'aimait pas les façons de Miroir Fumant.

En plus d'être laid et cruel, se disait-elle, il fallait tout le temps que Tezcatlipoca essaie de forcer les gens à faire les choses de travers. C'était un dieu très puissant, mais contrairement aux autres, il semblait ne servir à rien sinon à semer la discorde et à troubler les cœurs. Le roi Topiltzin avait bien raison de lui préférer le Serpent à Plumes !

— Peu m'importe si mon père était ton serviteur, Tezcatlipoca ! pensa-t-elle à haute voix. Je ne suis pas comme lui, je suis fidèle à mon roi et comme lui je sers Quetzalcóatl ! Tu peux bien continuer tes manigances, je ne changerai pas d'avis là-dessus ! Il va me protéger contre tes…

— À qui parles-tu, fillette ? l'interrompit une voix aigre, surgie de l'ombre.

Itzil leva sa torche pour l'identifier, mais n'eut pas le temps de regarder, car une seconde voix, en tout point semblable à la précédente mais provenant d'une autre direction, l'interpella et la fit virevolter, sur le qui vive.

— Il est bien tard pour te promener là où les morts eux-mêmes n'oseraient pas descendre une fois l'étoile du matin éteinte !

Une main glacée mais douce lui effleura la cheville. Itzil poussa un cri de souris et serra craintivement sa couverture autour d'elle, ne laissant dépasser que son poignet tenant la torche. Cette dernière n'éclairait rien au-delà d'un pas, enveloppant son petit cercle d'un manteau de noirceur qui ne se déchirait qu'à proximité de la gueule d'eau douce. Perdue dans ses pensées, elle n'avait pas fait attention et était descendue trop loin…

Elle se trouvait sous la pyramide de Tezcatlipoca, devant la seconde porte de l'En-bas.

La princesse entendait des pas autour d'elle, des petits pieds nus qui couraient sur le sol de pierre lissé par les siècles. On ricanait, on s'amusait à soulever la couverture, à faire tourner la jeune fille sur elle-même pour la faire tomber. On lui tirait les cheveux, lui léchait la joue et on riait quand elle sanglotait de terreur.

Cela dura un bon moment, jusqu'à ce que la malheureuse soit bousculée un peu plus fort que les autres fois. Elle fit tomber la torche. Le silence tomba sur Itzil en même temps que les ténèbres. Elle commença à claquer des dents. Curieusement, la seule pensée qui lui vint fut pour Nah et pour ce qu'il lui avait dit juste avant qu'elle ne le quitte cet après-midi-là.

— Je peux t'aider, Itzil ? murmura une voix derrière elle, faisant échos à ses réflexions.

La princesse sursauta avant de ramasser précipitamment sa torche. Elle tendit le bras aussi loin qu'elle le put afin de faire reculer les ombres, dévoilant l'impressionnante silhouette du roi Topiltzin. Il serrait son manteau de plumes sur ses larges épaules cuivrées en fronçant les sourcils. Itzil était si contente de le voir qu'elle fut décontenancée par l'œil sévère qu'il posait sur elle. Indécise, elle recula.

— Que fais-tu ici, imprudente ? Ignores-tu que c'est interdit ? N'as-tu pas assez contrarié les dieux, ces derniers temps ?

Itzil baissa les yeux, accablée par les reproches. Elle commença à trembler, tandis que les deux nains du roi se remettaient à lui tourner autour en se moquant, lui tirant les cheveux, lui pinçant le gras du bras ou la cuisse…

— Je t'écoute, jeune fille ! insista celui qu'elle prenait pour le seigneur de Tulà, impérieux.

Elle se tassa sur elle-même, oubliant presque pourquoi elle avait pris tous ces risques.

Agacé, l'un des petits hommes aux jambes torses lui arracha la torche des mains et l'agita devant son visage en faisant d'abominables grimaces. L'autre fit quelques cabrioles en ricanant avant d'aller se cacher sous le manteau de plumes de son maître.

L'adolescente déclara, mal à l'aise :

— Je t'ai entendu chanter pour les esprits, seigneur… Tout le palais dormait malgré la tempête. J'ai pensé que c'était le moment de venir te parler…

— Tu sais pourtant que la cérémonie des pleurs est secrète et qu'elle ne concerne que le roi et les dieux. Si *eux* t'avaient vue, j'aurais été obligé de te livrer à leur appétit féroce pour qu'ils épargnent la cité. Cette tempête est déjà assez inquiétante comme ça ! Veux-tu être la cause d'une nouvelle inondation ?

— Le sang de ses veines est vicié, par Quetzalcóatl ! gronda l'un des nabots de sa sale voix aigrelette.

— Pourrie, pourrie comme son père ! ajouta l'autre en crachant vers la jeune fille qui commença à sangloter.

— Ça suffit, vous deux ! tonna le roi.

Puis, se tournant de nouveau vers sa nièce, il poursuivit, d'une voix radoucie :

— Qu'as-tu vu, Itzil ?

Elle fit non de la tête, les yeux agrandis par la peur :

— Rien, rien ! Je le jure, mon roi ! J'ai entendu ta voix, c'est tout.

Celui qu'elle prenait pour son oncle la dévisagea longuement avant de décréter :

— J'espère pour toi qu'aucun signe néfaste ne va s'abattre sur la cité. Ces derniers temps, mon sang n'a plus l'air de contenter les dieux. Ils regimbent, s'agacent, remuent et réclament leur dû. La moindre offense suffira à rouvrir les portes que Quetzalcóatl m'a chargé de tenir fermées pour assurer son règne pacifique...

Itzil se mordit la lèvre. Il fallait qu'elle lui parle des apparitions de Tezcatlipoca et de sa façon de la harceler. Mais le roi avait l'air si fâché et si préoccupé ! Elle hésita... Comment interprèterait-il le fait qu'elle avait été en contact avec un dieu, l'un des plus sanguinaires de tous, quand ce terrible privilège était réservé au prêtre-roi ? Ne regretterait-il pas de lui avoir laissé la vie sauve après la trahison de son père ?

— De quoi voulais-tu me parler ? Cela devait être important pour que tu oses descendre seule aux portes de l'En-bas, en pleine nuit !

— Mon seigneur…

— Allez ! fit l'un des nains en lui pinçant l'épaule.

Elle se mordit la joue pour cacher la douleur et répondit, d'une voix aussi ferme que possible :

— Eh bien… Il se passe des choses à Tulà, depuis quelques temps… Des choses qu'on te cache, grand roi… Les sculpteurs du nouveau temple se plaignent que les pierres s'effritent sous leurs outils comme de la craie mouillée. Des hordes de singes se jettent sur les ouvriers pour les faire tomber ou leur faire rater leur ouvrage. On raconte même qu'un faux contremaître passe dans les rangs et donne des consignes idiotes, des ordres contradictoires, tout ce qui peut ralentir ou endommager le chantier que tu as ordonné.

Le roi fronça les sourcils :

— Et d'où tiens-tu ça, enfant ? Le temple de Quetzalcóatl est sous la garde de mes meilleurs soldats et personne ne m'a rapporté d'incident ! Itzil hésita avant de se lancer :

— Du fils d'un des sculpteurs, Nahualpilli, qui est mon ami et qui travaille sur le chantier.

— Ragots et superstitions de Yaqui ! railla le nain en sortant sa grosse tête grimaçante du manteau de plumes.

Itzil s'indigna :

— C'est à cause d'un de ces incidents si je suis arrivée en retard à la cérémonie, mon roi ! Si on ne t'en a rien dit, c'est parce qu'on complote contre toi. Beaucoup pensent que tu as tort de servir le Serpent à Plumes, et que Tulà paiera cher ta décision de limiter les sacrifices humains.

Le faux roi eut une moue songeuse qui déconcerta un peu la jeune fille. Elle avala sa salive et reprit, suppliante :

— Les dieux que tu as écartés du pouvoir sont très mécontents. Ils ont faim et ils ont beaucoup de partisans…

— Qu'est-ce qu'une enfant peut savoir de ces choses ? coupa-t-il d'une voix dure.

Elle se redressa, piquée au vif :

— Je ne suis plus une petite fille, mon roi. En tout cas, Tezcatliploca me trouve bien assez grande pour me harceler afin que je passe dans son camp et que je travaille contre toi !

— Tezcatlipoca ! Tezcatlipoca ! s'exclamèrent ensemble les deux nains, l'air effrayé.

Miroir Fumant, sous les traits du roi qu'il imitait à la perfection, fit déguerpir ses serviteurs et avança jusqu'à sa nièce qu'il enveloppa dans un pan de son manteau en regardant autour d'eux avec méfiance :

— Tezcatlipoca s'est manifesté auprès de toi, dis-tu ? fit-il en baissant prudemment la voix. Qui d'autre est au courant ?

Elle fit oui de la tête en répondant, confiante :

— Personne, seigneur… La première fois, Miroir Fumant était déguisé dans une peau de jaguar qui me sert de couverture, sur mon lit. Le dieu noir a essayé de me faire peur, puis il m'a demandé ce que ça me faisait de vivre sous ton toit, alors que tu as tué de tes mains celui qui fut mon père.

Le faux Topiltzin prit un air affligé en déclarant, la main sur le cœur :

— Cet homme-là était aussi mon frère bien aimé, Itzil. Il méritait ce qui lui est arrivé. Il avait massacré nos parents pour s'emparer du trône…

— Je le sais, mon roi, et j'ai dit à Tezcatlipoca que sa ruse n'avait pas marché, que je t'aimais et qu'il n'arriverait pas à me pousser à te trahir. Alors il a disparu. Il m'a laissée tranquille quelques temps et je n'y ai plus pensé.

Ils se remirent en marche.

Rassurée par la chaleur protectrice des plumes du manteau sacré, Itzil trottinait à côté de celui qu'elle prenait pour le roi. Plus il l'encourageait à poursuivre, plus elle était ravie de pouvoir enfin se libérer de ses secrets :

— Tous les jours, je vais chercher mon ami Nah sur le chantier, quand la journée de travail s'achève. Nous allons nous promener dans la forêt. Il me montre comment on chasse, m'apprend le cri des animaux, ce genre de choses… C'est lui qui m'a parlé des soucis des sculpteurs et des tailleurs de pierre.

— De quoi ont-ils donc peur ? s'enquit le souverain.

— Seulement de ne pas avoir terminé le temple à temps pour la grande cérémonie que tu as ordonnée à l'occasion du Katùn. Ce sont des êtres simples, mon roi. Quand il me parle de ces incidents, Nah ne réalise pas leur importance. Mais moi je suis sûre que c'est Tezcatlipoca qui ralentit le chantier. D'ailleurs, si j'ai été en retard l'autre jour, c'est parce qu'il m'avait menacée.

Elle lui rapporta les paroles du prêtre Nixtatl. Le visage de Topiltzin était grave. Les nains se tenaient tranquilles depuis que Miroir Fumant avait été évoqué, ce qui n'était pas pour rassurer l'adolescente. Alors qu'ils la raccompagnaient vers sa chambre, ils croisèrent deux vieillards qui portaient un hibou tatoué sur leur front rasé : la marque du dieu des morts, le maître absolu de l'En-bas.

Le faux Topiltzin décrivit un large cercle avec les bras en inclinant la tête en arrière, mettant en mouvement les reflets surnaturels de ses parures de plumes à la lumière des torches. Les deux vieillards s'agenouillèrent devant lui et cachèrent leur visage dans leurs mains osseuses tandis qu'il poursuivait sa route, la jeune fille cachée sous un pan de son manteau. Sur leur passage, le premier murmura :

— Le dieu de la pluie apprécie tellement ton sang que les eaux qu'il fait tomber sur Tulà dessinent des rigoles de boue dans les rues. Il faudra certainement la force du dieu-crâne pour endiguer son enthousiasme et le convaincre de faire cesser la pluie avant que nous ne soyons tous noyés !

À l'évocation de la divinité la plus redoutée, le dieu de la mort en personne, l'usurpateur s'arrêta de marcher et lança, sans se retourner :

— Qu'as-tu dit, prêtre ?

L'un des nains fit une série de cabrioles en tournant autour de l'interpellé, tandis que l'autre se campait devant lui, les poings sur les hanches, parodiant la posture impériale de Topiltzin :

— Il suggère que le dieu de la pluie serait en train de répondre à la cérémonie ratée de l'autre jour par une nouvelle inondation, mon roi… Et qu'il ne cessera qu'en échange d'un sacrifice au squelette ambulant, son cheeeer dieu-crâne !

Le nabot fit une grimace pour imiter le terrible dieu des morts, ce qui déclencha l'hilarité de son acolyte.

— Est-ce vrai, vieillard ? s'enquit Topiltzin, très pâle, comme s'il ne doutait pas un instant que le prêtre fût chargé par le dieu qu'il servait de lui délivrer ce message.

Le vieil homme pinça les narines et prit un air mélodramatique qui fut aussitôt singé par les deux nabots. Il déclara d'une voix chevrotante :

— Seigneur… Le dieu de la pluie semble en colère, c'est vrai, et au lieu d'arroser les terres avec une pluie qui ferait pousser le maïs, il a déclenché une véritable tempête qui détruit tout sur son passage. Le vent balaye tout.

Son acolyte renchérit sur le même ton, les mains levées vers la voûte de pierre :

— O roi ! Nous avons vu plusieurs zébus noyés devant les portes du palais, le ventre gonflé, et des chiens faméliques aux yeux injectés commencent à errer dans les rues…

— La meute du dieu-crâne ! murmura Itzil malgré elle, les yeux écarquillés par la peur, trahissant sa présence sous le manteau royal.

En entendant sa voix, le premier prêtre pointa son index décharné vers la jeune fille :

— Ah ! Encore cette maudite ! Les portes de l'En-bas ont été profanées ! Voilà la cause de toute cette colère !

— Tais-toi, malheureux ! tonna le roi en refermant son vêtement de plumes sur sa nièce pour la cacher.

Mais l'autre continuait, prenant son compère à témoin :

— Tout le monde a vu comment le Vent de la Nuit a léché ses pas alors qu'elle emportait l'offrande, et comment cette dernière a été refusée par les dieux.

Le second vieillard ponctua cette déclaration en déclamant, l'index pointé sur Itzil :

— L'effrontée est arrivée en retard, le soleil avait déjà entamé sa course vers les terres d'en-dessous quand ton sang a coulé pour apaiser leur soif…

QUETZALCOATL

Le premier opina, l'œil sévère, avant de poursuivre :

— Et la voilà qui ne s'est pas contentée de mettre l'équilibre de notre monde en péril, il a aussi fallu qu'elle souille de sa présence la grotte sacrée ! Quand tu as exécuté son père, tu aurais dû offrir la fille pour apaiser la fureur des éléments. Au lieu de cela, tu l'as prise sous ton aile et tu as négligé les sacrifices humains. Et voilà que tu la protèges encore, roi Topiltzin !

Les longs corridors du palais résonnaient des grondements du tonnerre et des assauts du vent qui s'y engouffrait avec sauvagerie. La tempête jouait avec les innombrables conduits d'aération comme avec une trompe gigantesque.

La nièce du roi ne craignait pas la fureur des dieux, car elle estimait qu'elle ne les avait pas offensés. Mais Itzil repensait aux paroles de Tezcatlipoca sur le chantier, et, dans ce tumulte, elle craignit que le fourbe n'ait réussi à les convaincre de se liguer pour nuire à Topiltzin et à son rêve pacifique. La jeune fille espérait seulement n'avoir pas trop tardé pour parler au roi.

Elle baissa les yeux et remarqua qu'il n'avait qu'un pied, l'autre étant une copie en obsidienne si bien polie qu'elle pouvait se voir dedans. Itzil allait hurler pour dénoncer l'imposture mais la main puissante de Miroir Fumant se plaque a sur ses lèvres et elle l'entendit annoncer avec la voix de Topiltzin :

— Vous avez raison, prêtres, l'heure est grave. Le jour du Katùn, j'offrirai le cœur de la princesse Itzil Parac en sacrifice aux dieux pour apaiser leur colère. J'ai eu tort de vouloir privilégier Quetzalcóatl, puisque le voici qui déchaîne les éléments sur mon royaume. Seul Tezcatlipoca mérite notre adoration et notre confiance !

La jeune fille se débattit, mais la pression de la main de Tezcatlipoca lui coupa le souffle et elle perdit connaissance.

QUETZALCOATL

CHAPITRE 5

Nah raconte….

L'ambiance était tendue dans le village des sculpteurs. Le prochain jour de marché aurait lieu bientôt et la population afflurait des campagnes et des forêts pour redonner vie à l'immense cité de pierre, pour ainsi dire déserte entre chaque foire.

À cette occasion, le roi, qui était aussi le chef des prêtres, devait faire une apparition publique et officier pour garantir la pérennité de son royaume. Après la partie de pelote traditionnelle à laquelle le souverain participerait en personne, la foule danserait en se tailladant le gras des bras et des cuisses et viendrait défiler devant la dernière stèle de pierre dressée devant le temple de Quetzalcóatl. Le peuple la badigeonnerait de sang, et le roi, vainqueur ou vaincu de la partie de pelote, gravirait les marches du temple, coiffé de sa parure de plumes et paré d'or et de turquoise, pour faire un sacrifice. Capitaine d'exception, il ne risquait pas sa tête, lui !

D'ordinaire, la perspective d'une telle journée remplissait les environs de Tulà d'un bourdonnement excité. Les cœurs battaient la chamade, gonflés par un mélange de pitié et de cruauté en pensant à ceux qui allaient être sacrifiés pour rassasier les dieux. De curiosité et de crainte, aussi. Qui serait choisi, ce jour-là ? Un voisin, un fils, un étranger ?

QUETZALCOATL

Mais cette fois, si le roi s'entêtait à interdire les sacrifices humains, les dieux ne seraient pas nourris. La pluie continuait de transformer le royaume en champs de boue, ternissant tristement les camaïeux de vert, les rouges éclatants, les jaunes et les bleus de la nature mexicaine, sa faune exubérante et ses oiseaux fabuleux. Épouvantés, les gens restaient terrés dans leurs petites maisons de pierre, écoutant dégoutter les larmes du dieu de la pluie sur les toits de palme.

S'il pleuvait encore, les récoltes de maïs seraient perdues et la famine menacerait Tulà.

La plupart de mes voisins pensaient que le dieu de la pluie punissait notre peuple parce que le roi Topiltzin avait réduit les sacrifices à de simples dons de sang. Depuis le dernier solstice, aucun cœur n'avait été arraché pour être enterré au pied d'une des stèles sacrées, ou pour être brûlé afin de nourrir les dieux. La peur et l'incompréhension étaient palpables.

Il me faut bien avouer que je n'étais pas loin de les éprouver, moi aussi, depuis que j'avais assisté au déchaînement de fureur qui s'était abattu sur mon roi, dans le jardin d'Iztammà.

Aussi ce jour-là, pris de doutes, je retournai chez moi et soulevai la couverture qui servait de rideau pour cacher la couche du blessé. Je le regardai attentivement, résistant à la tentation d'aller toucher ses ailes, le duvet moiré couvrant ses traits et son torse, et cette impression de bec donnée par les ombres jouant sur son front et son nez busqué.

Et je me rappelai que le déluge avait commencé après l'agression de Topiltzin par Tezcatlipoca. Si le dieu de la pluie était furieux, c'était à mon avis contre Miroir Fumant, sinon il nous aurait punis, nous et notre roi, depuis bien longtemps ! Cette pensée me redonna du courage et j'eus hâte d'assister à la partie de pelote, pour voir comment l'usurpateur allait s'en tirer !

Je refermais le rideau et m'apprêtais à repartir, lorsque mon regard tomba sur mon frère Epcoatzin, assis en tailleur dans un coin. Il était en train de vérifier la bourre des protections de cuir de son équipement de joueur. Ah, si seulement j'avais sa chance, je pourrais envisager avec moins d'amertume l'amour que m'inspirait Itzil ! Un gloussement envieux m'échappa.

Tiré de sa tâche par le bruit ou gêné par le poids de mon regard, Ep' leva les yeux, les sourcils froncés. Mon frère était un grand gaillard plein de muscles qui avait gagné deux fois le concours des hommes-volants, les années précédentes, ce qui lui valait d'avoir été sélectionné pour entrer dans l'équipe qui s'opposerait à celle du roi... C'était un immense honneur pour lui et pour notre famille, mais ses exploits d'Homme-Volant le justifiaient, car le mât qu'il utilisait était le plus haut de tous.

La foule cessait de respirer, saisie d'effroi et d'extase, quand elle le voyait plonger dans le vide, la tête la première, une longue corde attachée à la taille pour tournoyer ainsi pendant les treize tours symbolisant les treize mois du calendrier sacré, risquant sa vie pour la régénération du soleil.

Cette fois, mon frère jouerait son avenir et le nôtre. Si son équipe gagnait, il entrerait dans la prestigieuse caste des gardes de Tulà tandis que seul le capitaine de son équipe aurait l'honneur d'offrir sa vie aux dieux après leur avoir fait don de la victoire. Mais dans le cas contraire, sa tête serait décollée de son corps et exposée, avec celles de ses coéquipiers, sur le mur d'enceinte du stade improvisé, mises à mort qui n'avaient rien à voir avec les sacrifices interdits par le roi : c'était la règle du jeu, millénaire.

— Pourquoi tu me regardes comme ça, Nah ? me lança-t-il, avec le ton rogue qu'il adoptait depuis sa nomination quand il s'adressait à moi.

À croire qu'il avait déjà échappé à la triste condition de petit artisan yaqui qui serait mienne toute ma vie !

J'allais lui répondre avec la même morgue quand je vis ses yeux s'agrandir et sa bouche s'ouvrir sous le coup de la stupeur. Suivant son regard, je me retournai lentement, un picotement désagréable sur la nuque.

Quetzalcóatl se tenait debout devant moi, ses longues ailes battant doucement dans son dos comme s'il s'étirait après une longue sieste. Il me considérait avec curiosité, mi-homme mi-oiseau, dans la pénombre de la pièce, la tête dodelinant de droite et de gauche.

Pétrifié, je balbutiai :

— Votre... Votre seigneurie...

— Nah ! s'exclama Epcoatzin.

— Ep'... Va... Va chercher papa !

A peine avais-je murmuré ces mots que la créature se mit en mouvement, me renversa et se jeta sur mon frère. Ses mains se refermèrent sur sa gorge et le soulevèrent du sol avant qu'il ait eu le temps d'esquisser le moindre geste. Paniqué, je m'écriai :

— Seigneur ! Par pitié ! Nous sommes vos fidèles serviteurs ! Lâchez-le ! Épargnez mon frère !

Il tourna la tête vers moi et s'immobilisa. Les pieds s'agitant dans le vide malgré sa stature imposante, Epcoatzin émettait des bruits de gorge inquiétants. Tremblant de terreur, je m'avançai, les paumes tournées vers le haut et murmurai aussi doucement que possible :

— Grand Quetzalcóatl, vous êtes en sécurité, ici, parmi ceux qui vous aiment et qui vous soutiennent. Mon père a taillé les plus belles pierres pour votre temple. Le dieu Jaguar en personne m'a demandé de vous secourir... Pitié, seigneur... Lâchez-le...

Je ne savais plus quoi dire. Il restait immobile, dans l'expectative, ses yeux étranges posés sur moi, étranglant mon frère sans paraître se souvenir de son existence.

Je voyais bien qu'il n'y avait plus grand chose de Topiltzin dans cette créature. C'était son corps, mais il n'était plus là. Un dieu avait pris sa place, qui ne comprenait rien à ce qui l'entourait.

Les jambes de Ep' avaient cessé de s'agiter et ses lèvres s'assombrissaient. Dans la pénombre, ses globes oculaires brillaient, exorbités.

— Quetzalcóatl ! Père des dieux et des Hommes ! déclama alors la voix de mon père, derrière moi. Le roi t'a offert son corps pour satisfaire tes besoins, laisse-moi mon fils, je te servirai mieux !

Stupéfait par l'insolence d'Opoche, je vis un sourire détendre les traits de notre maître tandis qu'il s'exécutait et lâchait sa proie. Ep' tomba au sol comme un sac de farine vide.

— Oïe oïe ! geignit ma pauvre mère qui arrivait derrière mon père.

Elle se précipita vers le malheureux et, s'agenouillant, prit la tête de mon frère sur ses cuisses maigres pour enfouir son visage sous ses longs cheveux grisonnants. Opoche s'accroupit au chevet d'Ep' et l'examina.

— Je n'ai pas pris sa vie, déclara notre hôte d'une voix neutre. Ainsi donc, ceci est le corps d'un roi.

Il regarda ses mains et les promena sur sa poitrine. Au fur et à mesure qu'il se touchait, les plumes disparaissaient et il reprenait figure humaine. J'en fus un peu déçu, surtout lorsqu'il renonça à ses ailes, mais en entendant le râle et la toux de mon frère qui recouvrait son souffle, je me dis qu'il fallait espérer que sous cette apparence moins animale, notre seigneur saurait contrôler ses instincts et sa force.

CHAPITRE 6

Nah raconte…

Après cet incident, mon grand-père avait été mis dans la confidence. Popoyotzin était l'ancien chef du village, la mémoire de notre peuple. Depuis l'arrivée des Mayas, son pouvoir ne s'étendait plus au-delà de notre petit clan, mais tous le respectaient car il détenait des secrets que seuls les chefs yaquis se transmettaient. Il était le dernier, tous les autres avaient été massacrés par l'envahisseur ou chassés dans les montagnes.

À cette époque, la cité n'était qu'un amas de ruines grandioses à demi recouvertes de terre et rongées par la forêt vierge. Souvent, lors des veillées, le clan se rassemblait autour de lui pour l'écouter raconter sa jeunesse. Grand-Père avait été un grand chasseur dont le territoire s'étendait jusqu'au lac rouge, Texcoco, mais désormais il n'avait plus que ses souvenirs et son savoir pour nous faire voyager.

Popoyotzin décréta tout de suite que nous ne pouvions pas garder notre hôte vénéré dans la maison. Le village abritait trop d'opposants au roi depuis que le dieu de la pluie déversait sans discontinuer les eaux du ciel sur nos récoltes. C'est pourquoi il me demanda de l'emmener dans un endroit secret connu des seuls chasseurs yaquis.

QUETZALCOATL

Je fus étonné de constater avec quelle docilité mon auguste compagnon se laissa conduire. Petit à petit, je cessai de le craindre pour partager avec lui une curiosité réciproque.

Sur la rive bourbeuse de la rivière, tenant une feuille de bananier au-dessus de sa tête afin de se protéger de la pluie battante, Grand-Père posa sa vieille main sur mon épaule pour me donner du courage. Il faisait encore nuit.

—Aucun homme du village ne peut t'accompagner, Nah, et ton père ne fait pas exception, m'expliqua-t-il. Son absence serait vite remarquée sur le chantier et ça jaserait. Si les gardes venaient ici pour fouiner, tu sais que ta pipelette de mère n'arriverait pas à tenir sa langue. Toi, tu es connu pour tes escapades en forêt. C'est différent.

Je dus avoir une expression dubitative car il ajouta :

— Et puis c'est à toi que le dieu Jaguar a confié cette tâche, pas vrai ?

Que pouvais-je répondre à cela ?

— Quand devrons-nous revenir, Grand-Père ?

— Pour la partie de pelote, le dernier jour du Katùn.

Une lueur amusée éclaira son regard, quand il précisa :

— Ton père dit qu'il ne serait pas convenable que tu n'assistes pas aux exploits de ton frère. Il portera le masque du dieu du maïs. Opoche est en train de travailler dessus.

Je sursautai, étonné :

— Mais tu crois que Ep' sera rétabli ?

Grand-père me donna une claque derrière la tête et me poussa vers la petite embarcation où m'attendait déjà l'homme-dieu. Eludant la question, il me mit dans la main un petit paquet emballé dans une feuille de bananier.

— Prends ça, tu es en âge, à présent... Une fois là-bas, il faudra que tu parles à l'esprit de notre roi. T'en sens-tu capable, Nah ?

Son regard était intense. Je baissai les yeux vers l'objet qu'il m'avait donné. Je savais qu'il contenait du *peyòtl*, l'herbe des shamans. Je m'efforçai de cacher ma peur et fis oui avec la tête. Grand-Père me donna une tape pour m'encourager et j'embarquai.

À l'aube, à l'heure où l'étoile la plus brillante ouvre les yeux du jour, nous glissions déjà sur les eaux grises du fleuve à bord d'un petit acali à deux places, taillé en forme de haricot dans un tronc d'arbre évidé.

Nous avancions très lentement, car mon compagnon me laissait pagayer seul, tout en me regardant avec intensité. À plusieurs reprises, je dus me lever et utiliser la perche parce qu'il n'y avait pas assez de fond. Je devinai alors la présence sinueuse des serpents d'eau et des crocodiles qui attendaient que l'acali sombre. J'avais beau savoir que la présence à mon bord de l'incarnation du Serpent à Plumes devait me protéger, ils me donnaient la chair de poule.

J'avais hâte que nous accostions, mais je devais tout faire moi-même et nous étions lourdement chargés : il me fallait vider l'eau du ciel qui s'accumulait dans la barque. Néanmoins, nous n'avions pas à craindre d'être pris en chasse. Par ce temps, à cette heure, personne n'aurait l'idée de sortir des huttes au toit de chaume pour s'amuser à scruter le rideau de pluie, dense et gris, qui se confondait avec la masse boueuse de la rivière.

Nous glissâmes en silence le long des faubourgs de la cité. Le roi-dieu n'accorda pas un regard à sa capitale, préférant me fixer de ses yeux étranges.

Pourtant, chaque pierre taillée par Opoche et ses compagnons rendait hommage au Serpent à Plumes. Les prêtres consacrés à son culte avaient allumé des lanternes et des torches dans l'embrasure des portes, dans les niches des temples, sur certaines stèles calendaires, tout le long de l'avenue centrale, sur les terrasses et les toits des palais…

Le plus saisissant résidait dans l'idée qu'avait eue mon père d'illuminer les marches de la pyramide en construction, afin que les jeux du vent fassent onduler les pierres et donnent l'illusion que le temple était Quetzalcóatl lui-même, respirant paisiblement.

Même à l'aube, le spectacle était magnifique. Alors que nous nous éloignions de la cité sacrée, j'eus le cœur serré pour mon roi et mon peuple.

Dans la lumière blafarde du jour peinant à se lever, une trouée déchira les nuées. Le phénomène parut intriguer Quetzalcóatl. Il observa longuement le firmament et se leva soudain au risque de nous faire chavirer. Inquiet, je stabilisai la frêle embarcation comme je le pus avec la perche.

— Regarde ! s'exclama-t-il en tendant le doigt vers ce petit bout de ciel.

C'était la première fois qu'il s'adressait à moi. Il le fit comme si nous nous connaissions depuis toujours, en compagnon de route confiant. Cela me parut étrange et j'eus du mal à le quitter des yeux pour regarder ce qu'il me montrait.

Au début, rien ne me sembla extraordinaire, surtout dans ces circonstances. J'étais seul dans un acali menaçant de couler, avec le prêtre-roi de Tulà dont le corps était devenu la seconde peau du Serpent à Plumes...

Fronçant les sourcils, je scrutai la masse nuageuse qui continuait de déverser sur nous toute la colère du dieu de la pluie.

Le dieu Jaguar faisait le gros dos, impatient de disparaître derrière l'horizon, dans le monde d'En-bas, pour laisser place à son autre face, le Soleil qui donne la vie et illumine l'univers. De larges faisceaux d'airain transpercèrent la grisaille ici et là, rendant la pluie presque insignifiante tant le spectacle était beau. Un arc en ciel enjamba le fleuve.

— Je me souviens, je me souviens... murmura mon étrange compagnon.

— Quoi donc, seigneur ?

Quetzalcóatl baissa le bras et tourna vers moi son regard sans pareil. Il resta un instant immobile, puis se rassit et stabilisa machinalement l'acali.

QUETZALCOATL

— Le Soleil, le premier jour de la première création… C'était comme ça, le feu qui donne vie au chaos. Mais le ciel ne pleurait pas, cette fois-là. Le déluge est venu après, afin que le monde soit recréé, en mieux… Je me souviens… Il n'y avait rien d'autre que le vide, et moi...

Alors qu'il murmurait, perdu dans une sorte de rêve ancien surgissant du plus profond de sa divine mémoire, le rivage se referma sur l'horizon monochrome. Les eaux se firent lisses et calmes. Des petits bancs de coton affleuraient les flots qui prirent des reflets incarnats. Nous venions de déboucher sur le lac Xaltocàn. Le roi-dieu esquissa un geste vague de la main et la pluie ralentit avant de cesser.

J'en attrapai le hoquet :

— Le…le dieu de la pluie vous a entendu ! m'exclamai-je, espérant que les intempéries s'étaient aussi arrêtées au village et sur les plantations.

Un sourire blasé éclaira ses traits et il murmura :

— Le dieu de la pluie n'écoute personne, petit homme. Il est trop vaniteux. S'il ne craignait pas de se retrouver seul, affamé, il inonderait la terre encore une fois pour se complaire en regardant son reflet… Mais Tezcatlipoca sait y faire, pour le retenir : on l'entend, les soirs d'orage, qui tonne : « *À quoi bon être puissants si nous n'avons plus que des poissons et des serpents sur qui régner ! ?…* ».

J'opinai sans répondre. En cet instant, Quetzalcóatl se confondait si parfaitement avec le roi Tolptizin que j'oubliai l'un et l'autre pour ne voir qu'un compagnon de route sur qui l'avenir des miens reposait.

Un cri rauque résonna dans l'air humide. Une grande chouette nous survola, un bébé tapir dans les serres. Je frissonnai. La chouette était l'une des espionnes préférées de Tezcatlipoca... Mais le rapace disparut vers l'autre rive sans paraître se soucier de nous.

Les montagnes volcaniques qui nous faisaient face semblaient aussi nettes et proches que si elles avaient été découpées dans une feuille de papayer par la chenille du papillon monarque. Le ciel devint pourpre et il fit jour. Il y eut un timide effeuillage du firmament, puis une lumière douce et bleuâtre tomba sur la terre détrempée : la lune nous assurait que sous le voile incertain de l'aube, le soleil s'étirait, revigoré, prêt à illuminer le ciel et à réchauffer la terre.

Les bruits de la forêt s'éveillant nous parvenaient, dominés par les appels des singes hurleurs dont le pelage d'un noir brillant faisait ressortir les yeux et les longues incisives, et par les perroquets aras qui craquaient joyeusement en faisant sécher leur plumage d'un bleu, d'un rouge, ou d'un vert éclatants.

Nous accostâmes dans une petite crique que m'avait signalée grand-père. Les restes d'un village sur pilotis en marquaient l'emplacement, pourris et mangés par la végétation. Des hérons somnolaient, juchés sur une patte, bercés par les murmures de l'eau. Je cachai l'acali en prenant soin de l'attacher, puis nous nous enfonçâmes dans la forêt

QUETZALCÓATL

jusqu'aux ruines à peine identifiables où nous étions sensés nous cacher quelques jours.

Quetzalcóatl resta un long moment immobile, les poings sur les hanches, au milieu de ce qui avait dû être jadis une place et qui n'était plus qu'un entrelacement inextricable de lianes, de racines et de pierres sculptées très érodées.

Dans la lumière qui filtrait, je voyais flotter autour de mon déconcertant compagnon des myriades d'insectes et de poussière d'or. Sur la peau du corps musclé de Topiltzin, devenue opaline, les tatouages et les scarifications me donnaient l'illusion que le plumage et les ailes du dieu avaient repris leurs droits. Impressionné, je restai à l'écart, serrant le petit paquet de peyòtl, accroupi sur un tronc d'arbre mort dans lequel j'espérais trouver une partie de notre déjeuner, ces larves succulentes qui faisaient mon délice lors de mes escapades.

Alors, Quetzalcóatl leva les bras, esquissant un vaste cercle. Il commença à chanter dans une langue que je ne connaissais pas. Un couple de colibris s'approcha de lui et l'observa en faisant du sur place, avant de s'égayer quand il baissa enfin les bras.

— Tu vois, fils de sculpteur, ici c'est le cœur du monde. C'était notre première création. Nous aurions dû y être heureux, mais ce fut un échec…

Le roi-dieu claqua des doigts et le soleil disparut subitement du ciel, nous plongeant dans une nuit noire. Je fus si surpris que j'en tombai de mon perchoir, épouvanté. Je me réfugiai instinctivement derrière le tronc. Osant jeter un œil par dessus, je vis Quetzalcóatl, vêtu des plus belles parures de plumes que j'aie jamais vues, auréolé d'une lumière rougeoyante. Elle provenait d'un grand brasero de pierre représentant une gueule de dragon, devant un temple au revêtement de stuc immaculé.

Quelques instants plus tôt, au même endroit, je n'avais vu qu'un amas de statues renversées et de blocs aux sculptures rendues illisibles par le temps, la pluie et le lichen…

Écarquillant les yeux, je découvris la cité telle qu'elle avait dû être jadis, des milliers de katuns avant que notre ère ne commence. Au sommet des toitures incrustées de jade et de turquoise de chaque palais flottait une bannière blanche, la couleur fétiche de Quetzalcóatl.

Ces oriflammes tissées de duvet d'aigrette ondulaient doucement dans une brise parfumée d'encens de copal. Je cherchai des yeux les habitants, mais ne pus apercevoir que des ombres, des formes diaphanes, de petites silhouettes fluettes à peine ébauchées, presque transparentes, errant dans ce mirage dressé par le dieu à mon intention.

Quetzalcóatl frappa soudain dans ses mains et tout disparut. Il fit de nouveau jour. Nous étions dans la jungle, des singes hurleurs avaient envahi les lieux.

Un peu avant midi, j'attrapai un petit tatou qui, une fois débarrassé de sa carapace, dépecé et grillé, ravit nos estomacs. Je profitai du repas pour commencer à mâcher le morceau de peyòtl que m'avait donné Grand-Père. C'était amer. La drogue n'agirait pas avant plusieurs heures. Je n'osai pas en parler à l'homme-oiseau.

QUETZALCOATL

— Tu ne connais pas la chance que tu as de disposer d'un corps capable de te donner autant de plaisirs ! s'exclama ce dernier en se léchant les doigts, dégoulinants de jus de viande.

Étonné, je ne pus m'empêcher d'éclater de rire :

— Le tatou rôti, c'est très acceptable en voyage, seigneur, mais cela ne vaut pas les galettes de maïs garnies de viande pimentée et de patate douce écrasée, et encore moins un baiser d'Itzil.

— Itzil ? demanda-t-il en essuyant son menton ruisselant de graisse du revers de la main.

Intérieurement, je me dis : « Tu ne te souviens donc plus qui est Itzil, ta propre nièce, roi Topiltzin ? Quand es-tu le roi et quand es-tu le dieu ? Et moi, comment puis-je le savoir ? » mais je fis comme si de rien n'était et lui parlai avec joie de mon amie.

— Tu l'aimes beaucoup, cette Itzil, conclut-il en recommençant à me fixer d'un air énigmatique. Aimer et être aimé, ça doit être l'une des sensations les plus agréables qui soient. Pour un dieu, c'est un mystère, et je compte sur ce corps de roi pour m'aider à y voir clair à ce sujet. Ainsi, lorsque nous devrons encore une fois détruire le monde et le rebâtir, je saurai quoi faire.

Je me mordis la lèvre :

— Vous allez détruire le monde, seigneur ?

Il me sourit et me montra les restes notre repas :

CLAIRE PANIER-ALIX

— Ce cycle parviendra bientôt à son terme, Nah. Tout meurt un jour pour qu'autre chose prenne sa place. Mais tu as encore bien des katuns devant toi, ne sois pas trop inquiet.

Je n'osai pas évoquer son frère, Tezcatlipoca, pourtant ce n'était pas l'envie qui m'en manquait. Quetzalcóatl semblait si serein que j'avais le sentiment que tout ne pourrait que s'arranger. Grand-père avait dit de patienter jusqu'au jour du marché. Sans doute lui et mon père avaient-ils un plan. En tout cas, ni le roi ni le dieu ne paraissaient s'inquiéter de la présence de Miroir Fumant à leur place sur le trône de la cité…

Très vite, je commençai à avoir envie de vomir. Je m'y attendais, pour avoir souvent assisté à la Veillée du Peyòtl, au village, mais je ne pensais pas que cela viendrait si vite. La fatigue du voyage, l'étrange situation dans laquelle je me trouvais et l'inquiétude que j'éprouvais concernant Itzil y étaient sans doute pour quelque chose. Quoi qu'il en soit, je sombrai dans une espèce de torpeur nauséeuse, bercé par les visions que *la plante qui fait les yeux émerveillés*, comme nous appelons la drogue des shamans, faisait naître en moi.

QUETZALCOATL

CHAPITRE 7

Nah raconte…

Chaque enjambée m'arrachait une petite part de moi-même. Je m'éloignais du Nah insouciant d'hier, c'était le prix à payer au Peyòtl pour qu'il me permette de pénétrer dans le monde des esprits.

Plus jamais je ne serais le petit paysan yaqui qu'Itzil aimait. Je sentais mon âme vieillir et se tordre, rongée par la drogue. Je ne devais pas trop m'attarder.

Je me souvins de cet homme que j'avais vu, un jour, en pleine transe. Son corps se tordait sur le sol de la cabane du shaman, une bave verdâtre aux lèvres, les yeux révulsés, exorbités. Perdu dans son voyage, trompé par le peyòtl, il n'était jamais complètement revenu. À moitié fou, un pied dans un monde et l'autre dans un ailleurs incertain, il tenait des propos incohérents, devenu le jouet d'esprits qui ne cessaient de le torturer en lui imposant des visions atroces. Je ne tenais pas à poursuivre mon existence dans un cauchemar perpétuel.

La terre noire des volcans qui entourent notre région me parut soudain vivante, presque rougeoyante sous les rubans de lumière tombant du ciel, déchirés par les grandes feuilles pointues des agaves sauvages. Tout palpitait autour de moi, comme si je me trouvais à l'intérieur d'un cœur monstrueux. Mes oreilles me brûlaient. Je voulus les toucher, mais je n'avais plus de bras. D'ailleurs, je n'arrivais pas à percevoir le reste de mon corps non plus. Il n'y avait que mes oreilles et mes yeux.

Les rais lumineux commencèrent alors à tournoyer, multicolores, jusqu'à former une rosace aux teintes saturées qui recouvrit tout. La forêt se fondit en elle, puis le sol et enfin le ciel. La fleur de lumière palpita à son tour, avant d'imploser, me livrant à un grand néant d'une blancheur aveuglante. J'eus le sentiment délicieux de flotter, libéré de mes nausées et de mes peurs, mais cela ne dura pas.

Je fus tiré en avant, avec une sauvagerie que je ne saurais exprimer. Instinctivement, j'appelai Quetzalcóatl à mon secours, mais il ne répondit pas. Tournoyant sur moi-même comme une toupie, je fus précipité vers un trou s'ouvrant au loin. Il m'évoqua les mandibules d'une mante religieuse. Ma terreur atteignit son paroxysme lorsque mes oreilles surmontèrent le silence cotonneux qui m'enveloppait : un vacarme abominable me submergea.

C'était un cri d'agonie, viscéral, émis par un être soumis à un désespoir tel qu'il ne prenait même plus la peine de reprendre son souffle.

Happé par le gouffre, la tête si pleine du monstrueux hurlement qu'elle allait éclater, j'appelai encore une fois : « Quetzalcóatl ! Quetzalcóatl ! » avant de me souvenir de ce que j'étais venu faire dans un endroit pareil, moi, Nah, le petit sculpteur yaqui.

Mon esprit dessina devant mes yeux la silhouette du roi, agenouillé devant la Porte, dans la forêt, juste avant que Quetzalcóatl ne s'empare de son corps. La vision prit forme, sortit de moi et se mit à flotter dans la lumière grise du puits. Notre souverain hurlait, prisonnier des limbes où l'avait relégué le Serpent à Plumes pour profiter de son corps et de ses sens. Sa souffrance me parut sans limite.

« Topiltzin », murmurai-je d'une voix apaisante, prenant soin d'articuler chaque syllabe de son nom pour attirer son attention. « Tu n'es pas seul, je suis venu à toi. Parle-moi, grand roi. Dis-moi ce que je dois faire pour t'aider et pour secourir les miens ! »

Un silence plus terrible encore que ce douloureux tumulte me répondit. Le puits se transforma en tunnel de pierre, sombre et humide. Je retrouvai l'usage de mes jambes et de mes bras, et j'eus très froid.

Les ténèbres étaient profondes et je me mis à trembler, privé de tous repères. Je contraignis mon esprit à ignorer ma terreur pour me concentrer sur Topiltzin. Ce dernier était là, quelque part, cherchant à me montrer quelque chose. Je tendis les mains et commençai à avancer, pas à pas, dans l'atmosphère mouillée et glacée du tunnel imaginaire.

Un souffle fétide flottait, ici. Une menace ancienne, sourde, suintait des parois immatérielles. Je savais que je risquais de faire une fâcheuse rencontre, aussi m'efforçai-je de ne penser qu'à Quetzalcóatl et à mon Itzil.

Soudain, il y eut une explosion aveuglante. Elle repoussa les parois oppressantes et je recommençai à flotter dans le vide, entouré d'une lumière tamisée, pleine de poussière en suspension. Des ombres couraient sur la voûte de la vaste caverne, renvoyées par les reflets des eaux claires, illuminées de l'intérieur, d'un bassin naturel. Une Porte ! Mes cheveux se hérissèrent sur ma nuque. Épouvanté, j'arrachai mes regards de cette masse liquide et me concentrai sur les énormes piliers sculptés entourant ses berges.

Les faces sévères et graves des dieux mayas ornaient leurs flancs rebondis. Ils m'observaient, impassibles. Chacun d'eux étincelait dans la luminescence étrange des lieux.

La plainte du roi se fit de nouveau entendre, mais cette fois elle était comme étouffée, lasse. Ce n'était plus le cri strident et déchirant de tout à l'heure, mais un gémissement, un triste guide pour ma petite âme ballottée par la transe du peyòtl. Je cherchai le roi, mais ne le trouvai pas. Ici, il n'y avait que la porte donnant sur l'En-bas, les ruines de pierre et le trésor mystérieux venu d'un autre temps qu'elles abritaient.

« N'y touche pas ! », intima une voix qui fit voler en éclats le ciel de la caverne, dévoilant un maelström écarlate dans lequel je crus discerner des silhouettes en train de se noyer, de se poursuivre, de s'entredévorer. « Repars d'où tu viens ! Tu en as assez vu, stupide humain ! »

Mais j'étais déjà allé trop loin pour ne pas continuer jusqu'au bout. Je rassemblai mes esprits et entrepris de faire le tour du bassin en détaillant les colonnes de pierre. Toutes étaient dotées d'une niche à leur sommet, où se trouvait un crâne de cristal. Chaque pilier était dédié à un dieu différent.

Lorsque je voulus en toucher un, le pilastre se déroba et ma main le traversa. C'était un fantôme de pierre, la vision d'un lieu qui n'existait que dans le monde de la matière, le mien.

« N'y touche pas ! » ordonna encore une fois la voix. C'était celle de Quetzalcóatl, j'en fus intimement persuadé en regardant droit dans les yeux son effigie gravée dans la pierre volcanique.

« Pourquoi, Serpent à Plumes ? », demandai-je.

« N'y touche pas, c'est tout. Si tu es mon ami, reviens tout de suite me tenir compagnie dans la forêt. Viens, amusons-nous, profitons de nos sens et oublions cette salle où tout a commencé. Il est trop tôt pour moi. Ne touche pas aux crânes de vie. »

Je fus troublé. « Où tout a commencé… » Était-ce le lieu où les dieux étaient né ? Quelle importance vitale pour eux avaient donc ces idoles de cristal, pour que Quetzalcóatl craigne tant que j'y touche ? Immobile au pied du grand pilier, je restai comme hypnotisé par le crâne de cristal qui luisait dans sa niche, là-haut. Que voulait-il dire par « il est trop tôt » ? Qu'arriverait-il si je touchais cet objet étrange ? Pourquoi l'esprit désincarné de mon roi m'avait-il conduit jusqu'ici ?

J'en étais là de mes réflexions lorsque je fus brutalement tiré en arrière. Ma tête heurta quelque chose et je perdis connaissance.

Quand je rouvris les yeux, je me trouvais étendu sur un lit de feuilles, dans la forêt. Quetzalcóatl était penché au-dessus de moi et m'observait d'un air sévère. Il tenait le petit paquet de peyòtl de Grand-Père. Quand il constata que j'étais revenu, il me le mit sous le nez et m'accusa :

QUETZALCÓATL

— Qu'as-tu essayé de faire, Nah ? Je croyais que tu étais mon ami et que tu allais me guider pendant mon séjour pour que j'apprenne le plus de choses possibles. Tu essaies de te débarrasser de moi, petit homme ? Cette drogue ne fera pas de toi l'égal d'un dieu et aucune vérité à ta portée ne découlera de ces stupides voyages mentaux. Promets que tu n'essaieras plus de me tromper et je ne te tuerai pas !

J'étais trop épuisé pour avoir peur. Je clignai des yeux, plusieurs fois, avant de répondre, calmement :

— Pourquoi fais-tu souffrir mon roi, Quetzalcóatl ? Il te sert si fidèlement… Je ne comprends pas. Je l'ai vu, là-bas, là où tu l'as enfermé pour prendre son corps. Il ne mérite pas cela.

Le Serpent à Plumes pencha la tête sur le côté en me dévisageant. Sa colère avait disparu. Il sembla désemparé.

— Je ne le fais pas souffrir, Nah… En tout cas ce n'est pas mon intention. Je ne sais pas ce que c'est que souffrir. Je vois bien à ton expression que c'est mal, mais si je suis venu ici, c'est justement pour apprendre ces choses et être meilleur.

Il me fit de la peine. Tant de puissance et tant de candeur, même dans la violence la plus inouïe…

— Pourquoi l'esprit du roi m'a-t-il amené dans la caverne aux piliers, Quetzalcóatl ? Et pourquoi ne devais-je pas toucher aux crânes de cristal ?

Il semblait maintenant être en confiance. Il s'assit à côté de moi et enferma ses genoux dans ses bras musclés dont les tatouages paraissaient bouger dans la lumière du soir. Il soupira. En éprouvant des sentiments, sans s'en rendre compte, Quetzalcóatl faisait l'apprentissage de son humanité.

— Je suis né dans cette caverne, Nah. Tous les dieux y sont nés. Il y a bien longtemps, des êtres vivaient dans ce monde. À l'époque, un autre soleil brillait dans le ciel et les océans baignaient des terres immenses, dont la plupart ont sombré depuis dans les abysses glacés. Ces êtres étaient des hommes parfaits, mais ils étaient vieux et ils ne croyaient à rien. Quand leur race fut usée au point qu'elle ne vit plus naître de nouvelles générations, ils voulurent créer des êtres qui leur fussent supérieurs. Ils firent naître les dieux. Ensuite, leur esprit sénile perdit toute mesure et ils détruisirent leur monde. Il nous fallut en créer un nouveau pour combler notre solitude, mais jamais encore nous n'avons réussi à reproduire celui de nos pères.

Il soupira encore. Ce récit lui faisait de la peine, je le sentais bien. Je me dis : « Un dieu qui essaie en vain de recréer ses propres créateurs sera toujours seul, Quetzalcóatl... Dans la vie, il faut aller de l'avant. Vivre pour le passé c'est passer à côté de sa propre existence. »

Le roi-oiseau continua, exalté, l'œil brillant :

— Ce peuple venu du nord a érigé les colonnes que tu as vues, sculpté un crâne de cristal pour chacun des dieux et fait jaillir du bassin et du ciel notre flux vital. Il a fait de nous des êtres nés de rien, qui existeraient à tout jamais. Nous avons été choyés par ces êtres, mais un jour, le temps les a emportés et nous sommes restés seuls. La caverne, c'est tout ce qui reste d'eux. Tant que les crânes resteront à leur place originelle, nous poursuivrons notre règne en gagnant en puissance. Ils nous relient à la vie.

Fasciné, j'opinai du chef. Mon divin ami était transfiguré. Son regard, perdu dans ses lointains souvenirs, était extraordinairement émouvant. Je n'osai pas l'interrompre pour le questionner. Il poursuivit :

— Ces crânes de cristal relient chacun de nous au monde vivant. Sans eux, nous serions immatériels, muets, sans possibilité de vous atteindre, de vous entendre, de faire tourner ce monde comme il tournait jadis. Nous ne serions rien. Nous n'aurions aucun désir pour remplir l'éternité qui nous attend.

Comme il ne semblait pas enclin à poursuivre, je me décidai à parler, troublé par ces révélations :

— Mais, Quetzalcóatl… Tu as dit tout à l'heure que chaque chose doit mourir et laisser place à la suivante, que c'est une question de cycle… Ils sont morts, ces Anciens-là. Il faut te détacher d'eux. Tu n'as pas besoin de cela pour exister, et le monde non plus. Tu es un dieu, le plus important de tous, et nous t'adorons.

Le dieu-quetzal haussa les épaules.

— Je suis le dieu de la fertilité, Nah. Le dieu des arts et de la vie. Je crée les mondes et je les défais. Les Anciens firent cela pour moi.

Il n'en dit pas plus et je m'endormis, la tête pleine des visions du peyòtl et du récit des origines divines. Je rêvai que je brisais le crâne de cristal de Tezcatlipoca et qu'il disparaissait à tout jamais de ma vie et de celle d'Itzil.

Pourtant, au petit matin, je me réveillai mal à l'aise, hanté par la silhouette du bon roi Topiltzin, recroquevillée sur son cri, dans les ténèbres de l'autre monde.

Je décidai qu'il était temps de rentrer à Tulà pour parler de tout cela avec mon père.

QUETZALCOATL

CHAPITRE 8

Nah raconte...

Depuis notre retour précipité et le récit que j'avais fait de notre voyage à Opoche, je n'avais plus revu Quetzalcóatl. Mon père l'avait emmené je ne sais où et Grand-Père m'avait houspillé, sans me donner plus d'explication : « Ne reste pas là, mon garçon ! Va donc profiter du marché. On se retrouvera sur les gradins au moment de la partie de pelote. Je dois aider ton frère à se préparer, tu ne ferais que nous gêner ! Allez ! Ouste!»

Je m'étais exécuté, dépité d'être soudain mis à l'écart après cette période aux côtés du roi-dieu et la terrible expérience du peyòtl. J'avais le sentiment que ma famille tramait quelque chose et qu'elle ne me laisserait pas participer. Je trouvai ça injuste.

Les jours de marché étaient toujours une occasion de faire la fête. La cité prenait vie, nous nous amusions beaucoup, et voir toutes les merveilles exposées sur les étals suffisait au bonheur immédiat des indiens qui, comme moi, ne pouvaient se les offrir.

Le marché de Tulà couvrait toute l'avenue principale. Ses innombrables places se divisaient en carrés où les marchands étalaient leurs produits sur des bancs ou des tapis de coco. Ils venaient de tous les coins du monde maya. La plupart apportaient les riches denrées des royaumes de l'est, ce

Yucatan qui possédait tout ce qui manquait aux Mayas de Tulà : plumes, légumes et condiments, tissus et cuirs, médecines et cosmétiques…

Dans le quartier réservé, tatoueurs et scarificateurs côtoyaient les coiffeurs et les ateliers d'orfèvrerie où les classes les plus aisées venaient se faire incruster des éclats de turquoise dans les dents. Plus loin, des scribes vendaient des livres d'histoire et de mathématiques richement décorés, pleins de couleurs, de vérités astronomiques et de mystères.

Pour cent grains de cacao, on pouvait se payer un esclave vigoureux, ou quelques plumes de quetzal. Autant dire que c'était un privilège réservé aux seuls Mayas, qui se baladaient dans la foire bien à l'abri dans leur palanquin porté par des Yaquis.

Les grains de cacao constituaient notre plus grande richesse. Nous n'en produisions pas, ils étaient le fruit de nos rapines passées et des tributs payés par les royaumes voisins. Le cacao, peut-être parce qu'il ne poussait pas dans notre région, avait à nos yeux une dimension apaisante toute sacrée. Un grain valait plus qu'un gros morceau de turquoise, c'est dire !

Je pouvais à peine m'offrir quelques papayes ou une pastèque et je n'arrivais pas à choisir. D'habitude, j'achetais aux vendeurs ambulants un cornet de petits insectes séchés que ma mère utilisait pour teindre ses vêtements en rouge, mais il était rare que j'aie assez de grains sur moi et, je dois bien l'avouer, j'avais tendance à privilégier mes papilles à la coquetterie de Chichima !

CLAIRE PANIER-ALIX

Les marchands étaient faciles à identifier dans cette foule disparate qui grouillait dans la cité d'ordinaire quasi déserte. Ils avaient les dents terriblement gâtées à force de mordre les grains dans le but de vérifier que ce n'étaient pas des contrefaçons en bois, ou des haricots trafiqués. Cela arrivait souvent !

Je croisai un cortège venu des lointaines forêts du sud, transportant des ballots de plumes de quetzal et des cages pleines d'oiseaux colorés. Ils m'évoquèrent Itzil. Je n'avais aucune nouvelle d'elle. Mon estomac se noua et je ne pus m'empêcher de jeter un coup d'œil à la grande pyramide. On avait dressé à son sommet le petit bâtiment de bois au toit de chaume qui constituait le temple proprement dit. Cela m'inquiétait beaucoup. On n'en avait plus vu depuis que les sacrifices avaient été interdits. Topiltzin pratiquait ses saignées dans l'intimité...

Il recommença à pleuvoir. Un petit crachin tiède qui imbiba rapidement ma tunique de coton. Les paniers des étals furent vite recouverts de feuilles de bananier pour protéger ce qu'ils contenaient. Les badauds commencèrent à refluer vers le temple.

Le bâtiment se trouvait dans une vaste enceinte qui servait de terrain pour les parties de pelote.

Je les suivis. En chemin, je m'arrêtai sur l'étal d'une vieille Olmèque édentée qui tenta de me vendre un chien techichi, ces horribles bêtes sans poil qui n'aboient jamais et que les gens de son peuple aiment cuisiner pour faire du ragoût. J'eus beaucoup de mal à la convaincre que je n'avais pas les moyens de l'acheter. Je la repoussai en lui expliquant que si j'avais envie de viande, j'étais assez grand pour aller en chercher dans la forêt et qu'elle serait meilleure que cette pauvre carne souffreteuse qu'elle essayait de me refiler pour quatre grains. Reprenant ma route, je repensai aux cuissots de tapir juteux et aux tatous rôtis que j'avais fait goûter à Quetzalcóatl ces derniers jours. Cela me ramena aux mystérieux plans de Grand-Père et de papa. Qu'avaient-ils fait de l'homme-dieu ? Comment comptaient-ils le rétablir sur son trône ? Avaient-ils rassemblé ses partisans pour attaquer le palais par la force ?

— Alors, tu en veux ou pas ?

Je sursautai.

— Quoi ?

— La gomme ! Tu la tritures depuis un moment. Tu vas me l'abîmer.

C'était un marchand sentant fort l'octli, cet alcool épais et blanchâtre, très fort, contre lequel mon père m'avait toujours mis en garde. Plongé dans mes pensées, je m'étais arrêté devant son étal. Il vendait la gomme avec laquelle on fabriquait les balles pour le jeu de pelote.

Le vieillard était petit, trapu, vêtu d'un pagne loqueteux et sale, avec un visage large et froissé de rides, lourdement chargé de scarifications lépreuses sur les joues et le front. Jeune, il avait dû être assez grand, mais à présent, il était voûté et rétréci par l'âge, ce qui lui donnait un air sournois que son haleine ne faisait que renforcer. Il agita sa main devant moi pour me faire signe de décamper. Je haussai les épaules et tournai les talons.

Je n'avais pas fait trois pas quand je sentis qu'on tirait sur ma tunique. Sans me retourner, je lançai :

— Ça va, le vieux ! Que veux-tu que j'en fasse de ta...

Mais une autre voix que la sienne me répondit :

— Pour seulement deux grains de cacao, je te dirai comment se terminera le Katùn pour toi, mon garçon... Rien que deux grains... Et dans ta situation, avoue que c'est peu cher payer !

C'était Nixtatl, le prêtre de Tezcatlipoca qui avait apostrophé Itzil sur le chantier, l'autre jour...

Je serrai les poings et lui fis face :

— Quand je veux connaître l'avenir, je vais voir quelqu'un de confiance. Un prêtre qui lit dans les étoiles, pas dans les reflets. Laisse-moi !

Il avait un regard terrible, où la haine et le mépris dépassaient tout ce que j'avais pu connaître dans ma courte existence. Néanmoins, depuis que je fréquentais un dieu, je savais qu'il s'agissait-là du regard d'un homme, aussi fourbe et malintentionné qu'il fût.

Il ne se dégageait aucune force de lui, rien de cette énergie profonde, intérieure, indescriptible, qui m'avait troublé lorsque je me trouvais sous les griffes du dieu Jaguar, ou pendant mon voyage avec Quetzalcóatl. Tout prêtre qu'il soit et bien qu'il ait le pouvoir de me désigner pour être sacrifié à son Tezcatlipoca, il ne me faisait pas peur. Je tournai les talons et repris ma route vers le temple en travaux, la poitrine gonflée d'audace et de fierté. J'étais du clan de Quetzalcóatl. Miroir Fumant n'avait qu'à bien se tenir!

Mais je sentis ses doigts secs se refermer sur mon bras :

— Est-ce que tu as déjà vu un de ces devins reconnaître sans se tromper la marque improbable du Jaguar blanc sur les épaules d'un simple Yaqui, sculpteur Nahualpilli ?

Aussi surpris par le changement dans sa voix que par le fait qu'il évoquât ma relation avec Soleil Jaguar et qu'il connût mon nom, je m'immobilisai. Il ajouta, cette fois avec la voix que j'avais entendue sur le chantier, celle de Tezcatlipoca :

— La vérité qu'on lit dans un miroir vaut bien celle qu'on croit deviner en regardant le ciel, jeune homme. Et aujourd'hui, c'est ton jour de chance : elle est si bon marché que je pourrais même te la donner pour rien… Ainsi, je te prédis bien des ennuis avec *celui* que tu as ramené de la Main d'Iztammà l'autre nuit, car d'autres yeux que les tiens surveillaient les lieux. Et ce que voient les dieux, le Miroir le voit…

Je lui fis face et scrutai ses yeux noirs, brillants, sans blanc, cerclés de jaune et de rouge. Il me sourit et je sentis mes poils des bras se hérisser. Cette fois, ce n'était plus à un homme que j'avais à faire.

— Qui es-tu ? Que nous veux-tu ?

Le prêtre esquissa un sourire :

— Allons allons… Tu le sais déjà. Tu es un garçon intelligent.

Nixtatl se pencha et approcha du mien son visage tatoué d'une large bande noire en diagonale. Il scruta longuement mon regard. Je ne baissai pas les yeux, mais je le regrettai aussitôt. Ses pupilles étaient comme des miroirs et ce que j'y vis me donna envie de vomir.

Moi, du sang jusqu'aux coudes, tenant une hache de silex et un couteau d'obsidienne et à mes pieds, Itzil, ma douce et tendre Itzil…

Il cligna des paupières et me lâcha le bras.

— Va, petit tailleur de pierre. Et dis à ton maître que cette fois c'est moi qui l'emporte…

Il haussa les épaules et redevint le prêtre insignifiant qu'il était avant de servir de déguisement à Tezcatlipoca.

— Tu ferais mieux de te dépêcher, garnement, si tu veux assister à la partie de pelote, fit-il, agacé, se fourvoyant sur mon expression effarée.

Il me bouscula et disparut dans la foule.

Je déglutis. Il me fallut un bon moment pour reprendre mes esprits et décider de chercher Opoche et les autres. Je commençai à courir, mais me ravisai. Puisque Tezcatlipoca me surveillait et était au courant de la présence du roi-dieu chez nous, il ne serait pas prudent de les rejoindre. Il me surveillait sans doute. Mieux valait m'en tenir à ce que Grand-Père m'avait ordonné et me rendre sur les gradins, là où nous avions l'habitude de nous installer pour assister aux matchs d'entraînement de Ep'. L'endroit était discret. Seuls quelques ouvriers en connaissaient l'accès par l'arrière, hors de vue des

QUETZALCOATL

prêtres. Mon père saurait m'y retrouver, car il savait que j'aimais m'accroupir à l'ombre des énormes têtes de pierre qu'il avait sculptées pour orner l'escalier monumental du nouveau temple.

CHAPITRE 9

Nah raconte...

La première des grandes cérémonies allait commencer et ma famille n'était toujours pas là. Je m'étais faufilé sur les marches de l'escalier oriental du temple, d'où la vue sur le terrain de pelote était imprenable, cherchant les miens dans la multitude qui se pressait en bas. Adossé aux énormes blocs de pierre que j'avais si souvent escaladés pendant les travaux, j'attendis aussi calmement que possible que les festivités commencent. Mes pensées étaient sans cesse happées par ma rencontre avec Miroir Fumant.

Il savait.

En-bas, dans le carré réservé au dieu de la pluie, les offrandes pour repousser les intempéries allaient débuter. Depuis mon perchoir, je voyais les officiants, avec leurs parures au long nez et aux yeux énormes, s'agiter autour du chemin de braises rougeoyant.

La Marche du Feu serait suivie de la partie de pelote puis de quelques offrandes. On avait mis le feu au grand bûcher dressé sur l'esplanade. Malgré la fraîcheur amenée par la pluie, l'effroyable chaleur montait vers moi en me serrant les tempes. Accroupi sous une énorme tête de serpent qui avait été taillée par mon père, j'entendais au-dessus les quatre prêtres terminer leurs chants et leurs offrandes. Ils passèrent devant moi sans me voir et descendirent lentement le grand escalier de pierre. En-bas, la foule attendait, silencieuse.

QUETZALCOATL

Au-dessus de moi, je devinais dans l'ombre la présence du faux Tolptizin, attendant pour entrer en action que les quatre prêtres déguisés en dieu de la pluie aient terminé le rituel. Je me demandais où se trouvait Quetzalcóatl. Je ne voulais pas penser à Itzil. Bien sûr, je n'y arrivais pas. La vision des yeux-miroirs de Tezcatlipoca me hantait.

L'un des prêtres enflamma un vase rempli d'alcool de copal et le leva devant lui, face à l'est. Sa magnifique parure de plumes, détrempée, me fit de la peine. Savait-il que le dieu de la pluie ne l'entendrait pas, étourdi par la perfidie de Tezcatlipoca ?

J'avais l'estomac noué. Je fermai les yeux malgré moi, pour implorer le dieu de la pluie d'entendre ces prières et de faire cesser les intempéries. Mais le ciel resta alourdi de nuées anthracite, tandis que le déluge incessant continuait de dissoudre le stuc multicolore recouvrant les parois du temple.

Surpris par l'arrivée de deux guerriers venus se poster sur les marches, je me tassai derrière la gueule du serpent de pierre. Je sentais l'odeur musquée qui se dégageait de leur uniforme fait de fourrure et de cuir. Ils servaient Tezcatlipoca, reconnaissables à la tête de chouette leur servant de coiffe dont les yeux énormes évoquaient le goût de leur maître pour les ténèbres et pour la mort. J'avais si souvent vu mon père sculpter sur les stèles la figure de Miroir Fumant !

Des conques et des crécelles se firent entendre. Les gardes-chouettes répondirent en assénant des coups féroces sur des carapaces de tortue qu'ils portaient en bandoulière.

En-bas, la foule gronda et commença à s'agiter en levant la tête, dédaignant les serviteurs du dieu de la pluie.

C'était l'heure du match.

L'ombre du prêtre-roi de Tulà glissa sur les pierres du parvis et s'étala, masse quasi liquide, sur les premières marches de l'escalier. Il se tenait à deux ou trois pas de ma cachette, enveloppé dans son ample manteau de plumes écarlates. Il avait les traits du roi Topiltzin, mais une large bande de peinture noire lui barrait le visage et sa chevelure était aussi noire que celle de mon maître était devenue blanche. Son regard n'était pas humain, sans blanc de l'œil, fendu comme celui d'un félin. Il leva les bras vers le ciel encombré de nuages et cria :

— Seigneur de la pluie ! Je te dédie cette journée ! Je vais gagner cette partie pour toi et t'offrir une vierge de sang royal pour apaiser ta colère ! Épargne Tulà et glorifie-moi !

Mon cœur s'emballa : immédiatement je pensai à Itzil !

Chaque phrase était ponctuée par les tambours et les acclamations du peuple. Deux jeunes filles ne portant pour tout vêtement que d'innombrables colliers de coquillages, s'approchèrent du roi et le débarrassèrent de son manteau de plumes.

La foule hurla de joie en constatant que ces mois d'automutilation n'avaient en rien entamé son impressionnante musculature. Les pauvres, s'ils avaient su que Miroir Fumant se cachait sous les traits du roi, combien auraient changé leurs acclamations en suppliques pour que

QUETZALCOATL

Tezcatlipoca épargne leurs enfants et ne réclame pas son tribut de sang?

Alors que les servantes équipaient le prêtre-roi des protections habituelles — le bandeau et la ceinture de cuir rembourrés — on entendit les conques résonner à l'autre bout de l'enceinte. Les spectateurs s'écartèrent pour laisser passer l'équipe du roi.

Les joueurs ne portaient qu'un joug de cuir pour protéger les hanches et le ventre, et un bandeau de la même couleur que celui de leur capitaine. Leur chevelure était tirée sur le haut du crâne et nouée en chignon très serré. Le corps peint en rouge et en jaune, ils paradèrent en se tapant la poitrine et en poussant toutes sortes de borborygmes jusqu'à ce que leur chef, satisfait, se décide à descendre les rejoindre.

Tezcatlipoca s'arrêta à mi-parcours, presque à ma hauteur. Je craignis qu'il n'ait senti ma présence, car il parut chercher quelque chose, tournant lentement la tête de gauche à droite, les narines frémissantes. À la main, il tenait le Joug de Pierre, le trophée. L'objet portait encore les traces sanglantes de la décapitation du capitaine qui avait remporté la dernière partie. Il avait apporté la victoire à son roi et avait donné sa tête aux dieux pour les remercier de l'honneur qu'ils lui avaient fait. Grâce à son sacrifice volontaire, sa famille ne serait pas inscrite sur la liste des « sacrifiables » pendant une année entière, et son nom figurerait sur une stèle auprès des autres champions. De leur côté, les joueurs de son équipe avaient été élevés à des rangs honorifiques. J'eus une pensée pour mon frère, qui espérait tant entrer dans la garde de Tulà et être considéré comme un Maya à part entière. Dans ses rêves je mis un peu des miens, songeant à Itzil et à moi. Si l'équipe de Ep' gagnait, nous aurions peut-être le droit d'espérer pouvoir nous aimer. Mes yeux croisèrent les regards morts des centaines de crânes qui décoraient le stade et je chassais en frissonnant ces brefs instants optimistes. Les vainqueurs seraient honorés, mais il en irait tout autrement pour la famille des perdants, dont les têtes, fichés sur des piques, pourriraient des mois durant sur le mur, au fond du terrain.

Le faux Topiltzin resta immobile, non loin de moi. Cela dura suffisamment longtemps pour que j'aie l'impression que mon cœur allait éclater. Puis son attention fut attirée par un nouvel appel des conques, grave et solennel.

L'équipe adverse arrivait à son tour, peinte en bleu et en vert. Elle marchait lentement, avec autant de sobriété que l'équipe du roi plastronnait. C'était celle dans laquelle devait jouer mon frère Ep'. Les athlètes avançaient épaule contre épaule, le visage caché par des masques.

Une rumeur inquiète monta de l'assemblée des spectateurs, tandis que les deux équipes se mettaient en place, face à face, au centre du terrain délimité par des marqueurs de pierre. Un prêtre raconta le mythe que nous connaissions tous et qui allait se rejouer sur le terrain de pelote : la partie qui s'était disputée entre les dieux aimant la vie et enviant les humains, et ceux de l'En-bas, qui n'aspiraient qu'à répandre la terreur parmi ces derniers et à les asservir. Le narrateur était un vieil homme mais sa voix portait loin. Il s'amusait visiblement des effets mélodramatiques qu'il mettait dans son récit. Comme le prêtre-roi de Tulà s'impatientait et lui jetait des coups d'œils courroucés, il écourta son récit.

QUETZALCOATL

Un enfant commença à pleurer, quelque part. Les familles des joueurs n'avaient plus envie de rire. Le prêtre baissa la voix et entama un chant de gorge inintelligible, lancinant et triste. L'équilibre du monde était en péril si c'était le monde des morts qui gagnait, cette fois. Aucun sacrifice ne serait de trop pour éviter que cela n'arrive, voilà pourquoi la tradition exigeait que le sang soit versé quelle que soit l'issue de la partie. Une mort honorable pour le capitaine vainqueur, une fin déshonorante et abominable pour la totalité de l'équipe perdante…

Ce que les dieux du ciel avaient réussi jadis, les joueurs d'aujourd'hui pourraient-ils le refaire pour vaincre, une fois de plus, les seigneurs de l'En-bas qui n'attendaient qu'une faille pour venir anéantir toute vie sur terre ? De ma place, pétrifié, je mesurais enfin l'importance de la partie qui allait se jouer. La Pelote, c'était plus qu'un sport pour les Mayas. Si Tezcatlipoca, qui participait en personne, remportait la partie, qu'arriverait-il à Quetzalcóatl ? Qu'adviendrait-il de nous ? Je jetai un regard angoissé vers le mur-aux-crânes, là-bas, au fond du terrain, alors que le vieux prêtre achevait ce récit :

— Les dieux permirent ainsi de maintenir séparé ce qui est en haut de ce qui est En-bas, frontière fragile que représente ce terrain de pelote.

Quand il eut terminé, les conques résonnèrent encore une fois, sinistres. Depuis ma place, je voyais tout. J'étais si concentré que je ne remarquai pas l'arrivée de ma famille. Mon père me tapota la tête affectueusement tandis que Grand-Père me faisait un clin d'œil.

CLAIRE PANIER-ALIX

— Où est... commençai-je.

Mais en voyant mon frère s'asseoir à côté de moi, le dos voûté et l'air renfrogné, je me tournai de nouveau vers le terrain en scrutant avidement son équipe : que faisait-il là ? Qui se cachait sous le masque sculpté par Opoche, En-bas ? L'œil espiègle de mon aïeul me revint en mémoire, quand il m'avait dit de ne pas rater le match ce jour-là. Je me détendis un peu et m'installai plus confortablement pour assister au spectacle.

Les adversaires se faisaient face. L'honneur de recevoir la balle de caoutchouc le premier revenait au faux Topiltzin, car c'était l'équipe du roi qui avait gagné la dernière fois.

L'autre capitaine le considérait calmement, prêt à bondir, les jambes légèrement fléchies. La pluie commençait à délaver les peintures des uns et des autres. Bientôt, seule leur coiffure les différencierait. Pourtant, celui qui avait pris la place de mon frère Ep' gardait ses couleurs éclatantes. On aurait dit qu'il irradiait de l'intérieur.

QUETZALCOATL

CHAPITRE 10

Loin des yeux de Nah...

Grande était la terreur d'Itzil depuis qu'elle avait repris conscience. Combien de temps s'était écoulé après que la malheureuse se fût évanouie dans les souterrains du palais en réalisant l'imposture de Tezcatlipoca et la disparition du roi ? Elle l'ignorait, mais dehors, la cérémonie marquant la fin du Katùn avait commencé.

Les yeux écarquillés, inerte, la princesse voyait une foule s'afférer autour d'elle, peignant son corps en bleu, la couleur du sacrifice, et lui frottant les mains et les pieds avec des fleurs. Itzil avait du mal à coordonner ses pensées, engluée dans une épouvantable envie de dormir, un goût âcre au fond de la gorge. On l'avait droguée, pour qu'elle ne trouble pas la cérémonie ordonnée par Miroir Fumant.

Son corps était amorphe, mais à l'intérieur, la jeune fille se sentait comme un oiseau en cage rendu fou par l'imminence du danger : Elle voletait, paniquée, se heurtant aux parois imaginaires. Comment fuir ? Comment échapper au sort que Tezcatlipoca lui réservait ?

Soudain, Itzil battit des paupières et réalisa que l'agitation avait cessé. Tout le monde était sorti de la petite pièce sombre, laissant la princesse toute seule, hébétée, assise sur le lit de pierre, les jambes pendant dans le vide. Le sol avait été recouvert de feuilles de palme fraîches, afin qu'aucune mauvaise vibration ne vienne souiller l'offrande royale qui allait être faite aux dieux quand Itzil se lèverait pour marcher jusqu'à son supplice.

Une lointaine rumeur lui parvint. Elle reconnut les cris de joie. La partie de pelote avait dû commencer. Itzil pensa à Nah et à son frère. Engourdie, elle sourit, luttant contre le sommeil qui pesait sur ses paupières.

« Ainsi », se dit-elle. « Le jour du Katùn est arrivé. J'ai dormi longtemps. »

Elle se souvenait vaguement de la main glacée de Tezcatlipoca sur son visage, avant qu'elle ne perde conscience.

Le bruit incessant du ruissellement de la pluie était amplifié par les pierres des murs et finit par recouvrir les exclamations de la foule. La jeune fille n'entendit bientôt plus que ce chant d'eau qui la rapprochait un peu de la mort l'attendant au bout du tunnel. On allait la jeter dans le puits séparant le monde des vivants de l'En-bas. Les bijoux qui recouvraient son corps peint de bleu l'entraîneraient vers le fond, où les divinités la dévoreraient.

Et tout serait terminé.

Itzil haussa les épaules.

Sa mort rachèterait peut-être les fautes de son père, faisant cesser la pluie ? C'était un honneur, finalement. Itzil devrait en être digne. N'était-ce pas mieux de finir ainsi, plutôt que d'épouser un guerrier qu'elle n'aimerait pas, séparée de Nah quoi qu'il advînt ? La drogue faisait son effet. Plus rien n'avait d'importance. Les ombres que les torches faisaient danser sur les murs l'emportèrent dans un songe éperdu. La princesse se leva et s'engouffra dans l'étroit tunnel de pierre qui conduisait à l'entrée de la caverne, sous l'imposante pyramide de Tezcatlipoca…

QUETZALCOATL

CHAPITRE 11

Nah raconte…

Le roi se fit apporter la balle et la remit au prêtre-arbitre. Comme les autres spectateurs, j'avais l'estomac noué, car si lors des parties ordinaires il s'agissait d'une balle de caoutchouc, il en allait toujours autrement lorsque le roi célébrait la fin d'un Katùn : la tête du capitaine de l'équipe qui avait perdu la dernière fois, cousue à l'intérieur d'une épaisse enveloppe de caoutchouc, servirait de balle. Mais moi, j'avais une autre raison de trembler : je savais qui se cachait sous les traits de Topiltzin…

La balle était énorme et très lourde, et les joueurs n'avaient le droit de la frapper qu'avec les coudes, les hanches, les cuisses ou la tête. Tout était permis, même les débordements les plus sanglants, du moment que la balle n'était pas touchée par les mains ou les pieds.

Le match commença au premier coup de conque. L'arbitre prit son élan et se mit à tourner sur lui-même avant de propulser la grosse boule noire à l'aide d'une sorte de grande fronde.

Le projectile partit à une vitesse fulgurante vers l'un des deux murs se faisant face. Elle rebondit vers les joueurs. Tezcatlipoca cria quelque chose à l'un de ses acolytes se trouvant sur sa trajectoire, puis il bondit en prenant appui sur une jambe. Recevant la pelote sur la hanche, il la lui renvoya d'un coup de reins nerveux. Son partenaire la frappa avec le coude, fit un roulé boulé et la réexpédia d'un coup de tête à son roi juste avant qu'elle ne touche le sol. Le peuple hurla de joie. C'est alors que le capitaine adverse intercepta la balle en sautant devant Tezcatlipoca qu'il heurta avec l'épaule, et la fit passer à ses coéquipiers.

À côté de moi, Ep' était tendu. Il anticipait chaque geste, esquissant ceux qu'il aurait faits s'il avait été sur le terrain. La balle passa ainsi de joueur en joueur, d'une équipe à l'autre, sans jamais toucher le sol, ce qui aurait donné le point à l'adversaire.

La pluie avait rendu le terrain instable et glissant. Les hommes dérapaient de plus en plus souvent dans la boue. Certains glissaient et se déchiraient les cuisses et le dos sur les pierres saillant du sol volcanique de Tulà. Peu importait, seul le précieux projectile comptait.

Les courbes que la balle effectuait en l'air représentaient les trajets du soleil dans le ciel. Elles symbolisaient la victoire quotidienne de la vie sur la mort, de la lumière sur les ténèbres. Seuls les arbitres parvenaient encore à compter les points, car après plusieurs minutes de jeu, les peintures permettant de différencier les équipes avaient été complètement effacées par la pluie.

De toute façon, le peuple ne s'intéressait pas vraiment aux deux groupes qui s'affrontaient. Tous les regards, les souffles retenus et les cris de joie, se portaient sur la destinée de cette grosse boule noire. Quand un joueur paraissait littéralement s'envoler pour la renvoyer en l'air en la heurtant de la cuisse ou du coude, les cris ravis des spectateurs faisaient trembler les pierres de la cité. Au contraire, si l'un d'eux manquait son coup, violemment dévié de sa trajectoire par un poing ou un genou, l'enthousiasme populaire cédait la place à des huées.

La partie sembla se dérouler normalement jusqu'au moment où le joueur qui avait pris la place de mon frère Ep', fut agressé par le faux roi. La pelote passait d'un camp à l'autre plus loin sur le terrain. Les deux concurrents étaient restés en arrière, sensés guetter la meilleure opportunité d'intercepter la balle quand le jeu la ramènerait vers eux.

Tezcatlipoca, profitant de l'extrême concentration de son adversaire, s'était approché de lui par derrière et lui avait asséné un terrible coup de pied dans le creux du genou, le faisant tomber, puis un coup de coude sur la nuque qui aurait tué n'importe quel être humain. Alertés par les cris indignés d'une partie du public, les autres joueurs se retournèrent à temps pour le voir sortir de sa ceinture un coutelas d'obsidienne.

— Que fait-il ? s'exclama Ep' en crispant ses doigts sur mon bras.

Tétanisé, je ne répondis pas. Autour de moi, le temps parut s'arrêter. Les hurlements de la foule me parvenaient assourdis. Je vis la lame noire se lever, reflétant la lumière blafarde du ciel plein d'eau, tandis que l'autre main de Miroir Fumant se refermait sur la chevelure du joueur à terre pour lui arracher son masque et lui trancher la gorge.

Sans m'en rendre compte, je me levai. Découvrir le visage de Topiltzin-Quetzalcóatl ne fut pas une surprise pour moi ni pour ma famille, mais elle le fut pour tous les autres. Deux

QUETZALCOATL

jumeaux s'affrontaient sur le terrain. Une rumeur stupéfaite parcourait les gradins de pierre. Les joueurs, décontenancés, en oublièrent la partie et laissèrent la balle frapper le sol une fois, deux fois, trois fois…

Lorsqu'elle s'immobilisa dans la boue et que les spectateurs réalisèrent que la partie était terminée, tout était joué : en une fraction de seconde, la main de Quetzalcóatl avait saisi le poignet de son frère Tezcatlipoca et le lui avait cruellement tordu pour lui faire lâcher la lame. Il s'était redressé, avait soulevé le traître et l'avait projeté contre le mur avec une violence extraordinaire. Autour de moi, personne ne comprenait ce qui arrivait.

Sur le terrain s'affrontaient deux sosies du roi. Seule la chevelure blanche de Quetzalcóatl les différenciait. Tezcatlipoca se releva aussitôt. Il fit craquer ses articulations, et fit volte-face, à la recherche de son ennemi. Celui-ci avait bondi jusqu'à la balle qui gisait toujours inerte dans la boue, sous le regard stupéfait des autres joueurs qui reculèrent pour ne pas se mêler à la rixe des deux divinités.

En voyant Quetzalcóatl tendre la main vers la pelote — sans toutefois la toucher — et la décoller du sol à distance pour lui redonner de l'altitude, Miroir Fumant se voûta, rentra la tête dans les épaules et commença à changer de forme.

Le Serpent à Plumes le regarda faire en souriant avant de frapper brusquement la balle d'un coup de hanche. Elle heurta son ennemi au front où elle laissa une profonde blessure.

Les grondements de frustration et de colère de Tezcatlipoca envahirent la cité et le ciel. Les nuages se dispersèrent comme de la fumée sur laquelle on souffle, laissant place à un ciel aveuglant. Le dieu cruel frappa à son tour la boule de caoutchouc avant qu'elle ne retombe, afin de ne pas donner le point à son adversaire de toujours. Quetzalcóatl n'eut qu'à la regarder pour qu'elle rebondisse contre un mur invisible et retourne harceler l'ennemi sans jamais toucher terre.

Pour lui échapper et reprendre son souffle, Tezcatlipoca effectua une série de sauts périlleux et de pirouettes, avant de se réfugier sur l'un des deux anneaux de pierre ornant les murs du terrain. Il s'accroupit dessus, se tassa sur lui-même, les épaules en avant, animal. Son arrière-train évoquait celui d'un vautour, son torse restait celui d'un homme mais le visage emprunté à Topiltzin avait été remplacé par une abominable tête d'ours. Des gouttes de bave tombaient de sa gueule entrouverte en longs fils visqueux qui souillaient l'anneau symbolisant le cycle du soleil.

Quetzalcóatl ne lui laissa pas le temps d'achever sa transformation. Levant de nouveau la main, il pointa l'index vers la balle de caoutchouc et l'envoya vers le cercle de pierre. Elle était bien trop grosse pour passer à travers l'anneau qui fut pulvérisé, précipitant Miroir Fumant dans la boue.

Alors, sous les yeux épouvantés des spectateurs, Quetzalcóatl se montra lui aussi sous son vrai jour. Les flancs pâles de notre roi s'élargirent comme je l'avais déjà vu faire dans la forêt, le premier jour. Ses os craquèrent puis se brisèrent comme s'il muait et devait abandonner ce corps devenu trop étroit pour lui. Ses ailes se déployèrent dans son dos et il se couvrit d'écailles nacrées et de plumes vert émeraude.

Lorsqu'il bondit vers Tezcatlipoca qui essayait de se relever, ses membres inférieurs étaient toujours ceux d'un homme, mais lorsqu'il atterrit, il était le Serpent à Plumes.

Miroir Fumant n'eut pas le temps de se préparer au choc ultime. Percuté de plein fouet, gêné par les restes de l'anneau de pierre, il perdit l'équilibre et tomba, grondant de colère. Tezcatlipoca n'avait pas achevé sa mutation quand il croisa le regard goguenard de son frère Quetzalcóatl. Un court instant, son ventre d'humain se trouva exposé. Il se souvint alors de ce qui allait arriver car il l'avait vu dans son miroir, le soir où il avait agressé Topiltzin avec ses démons. Mais c'était trop tard. Le Serpent à Plumes l'ouvrit de la gorge à l'aine.

Le rugissement d'angoisse du dieu supplicié résonna dans Tulà.

Le serpent à plumes plaqua sa proie au sol pour la maintenir en place car elle s'agitait encore. Quetzalcóatl plongea sa tête dans le ventre de Tezcatlipoca et dévora ses entrailles avec avidité. Il y avait longtemps que le dieu serpent n'avait pas mangé un de ses semblables. C'était aussi exaltant que lors de sa précédente victoire sur Tezcatlipoca et tellement plus vivifiant que le sang anémié des humains !

Le ciel, débarrassé des nuées du dieu de la pluie qui s'était enfui, avait quelque chose d'ardent. À présent, le soleil brillait si fort qu'il se confondait avec le firmament. Le profil ténébreux de la lune commença lentement à dévorer l'astre du jour, marquant la fin du Katùn par une éclipse solaire. Nous nous taisions tous, épouvantés.

Sous nos yeux, le serpent à plumes décapita ce qui restait de la dépouille et brandit la tête d'ours grimaçante en riant. Il prit nos mines stupéfaites pour de l'adoration. Très vite, la poussière du sol acheva de dissoudre le cadavre de Miroir Fumant et l'absorba pour le rendre à l'En-bas où il ressusciterait, une fois de plus, prêt à prendre sa revanche.

Pétrifiés d'horreur, aucun de nous ne songeait à se réjouir. Nous avions survécu à la fin du monde, la nuque glacée et le cœur au bord des lèvres. Notre nouveau maître, couvert de sang, attendait nos acclamations de joie d'un air menaçant.

QUETZALCOATL

CLAIRE PANIER-ALIX

DEUXIÈME PARTIE

« Les crânes de cristal »

QUETZALCOATL

CHAPITRE 1

Loin des yeux de Nah…

Les eaux du cenote étaient d'un vert glauque, comme le jade des amulettes des prêtres. Elles exhalaient une odeur fétide renforcée par la chaleur moite qui régnait dans la caverne.

Itzil se tenait sur une margelle, au bord du puits sacré. Une main ancienne y avait gravé une tête de mort désormais à moitié effacée, rongée par l'humidité et les siècles. Les pieds nus de la jeune fille étaient bien à plat, serrés l'un contre l'autre, parfaits. On les avait frottés avec des fleurs et parés de nacre, de turquoise et d'argent. Elle ne parvenait pas à en détacher les yeux.

Il y avait ses orteils, peints en bleu, la pierre érodée et le vide vertigineux.

Une éternité s'écoula avant qu'elle ne bougeât. Elle l'ignorait, mais dehors, la partie de pelote était terminée. Le désastre du Katùn avait commencé, plongeant Tulà dans l'épouvante. Les grelots de sa chaîne de cheville tintinnabulèrent. La voûte de l'immense caverne amplifia et répercuta à l'infini ce léger tintement. Le bruit lui souleva le cœur et la princesse eut envie de vomir. L'effet des drogues se dissipait. Une vague d'horreur monta en elle. La jeune fille reprit conscience dans les ténèbres de ce lieu qu'elle ne connaissait que par les légendes atroces qui y étaient attachées.

QUETZALCOATL

Au-dessus de sa tête, oppressante, s'élevait la grande pyramide de Tezcatlipoca.

Ou plutôt, un nombre incalculable de pyramides érigées au fil des siècles les unes par dessus les autres, pour marquer et honorer la Porte de l'En-bas qu'elles abritaient…

Une large échelle de bois descendait de la gueule du tunnel, cinquante pieds au-dessus du sol. Des lumignons, fixés sur certains des barreaux, projetaient une toile d'araignée géante contre les parois, faite d'ombres tremblotantes. Itzil commença à haleter.

— Où es-tu, Nah ? sanglota-t-elle.

Elle n'osait pas se retourner pour fuir. Il y avait une présence, ici. Quelqu'un l'observait, peut-être prêt à la pousser dans le vide si elle ne sautait pas d'elle-même pour s'offrir librement en sacrifice…

L'adolescente commença à claquer des dents, les jambes flageolantes. Tendue à l'extrême, les sens exacerbés par la peur, elle percevait des sons dont elle craignait qu'ils ne fussent pas uniquement le fruit de son imagination. Des raclements, des bruits d'étoffe que l'on froisse, des souffles…

— Assez ! s'écria-t-elle soudain en se retournant pour scruter les ombres de la caverne.

Une immense silhouette se découpait sur la paroi lui faisant face. Son ombre monstrueuse courait jusque sur la voûte suintante. La première pensée d'Itzil fut : « Tezcatlipoca! » et elle recula instinctivement d'un pas. Son talon droit dérapa dans le vide et elle battit des bras en se sentant basculer dans le puits sacré, tandis que l'ombre grandissait encore.

Un bruit d'ailes claqua dans les ténèbres et des bras vigoureux se refermèrent sur la malheureuse. Une impression d'infinie douceur l'enveloppa alors qu'on l'enlevait dans les airs. Elle lutta pour ne pas perdre de nouveau conscience. Un léger heurt et ses pieds touchèrent le sol, près de l'échelle. La lumière jaune et tremblotante des lumignons lui permit de voir son sauveur.

Itzil porta les mains devant sa bouche, mais c'était inutile car aucun cri ne sortit de sa gorge.

À demi repliées, les ailes de la créature battaient lentement dans son dos. Elle était recouverte d'un fin duvet nacré. Malgré les longues plumes rouges et vertes qui remplaçaient sa chevelure, quelque chose dans ses traits évoquait toujours ceux du roi Topiltzin. Le dieu posa en souriant son regard de bête sur la jeune fille, apaisant.

— Ne crains rien, chuchota l'être ailé en tendant un bras vers Itzil qui recula craintivement.

— Mon... Mon oncle ?

— Je suis Quetzalcóatl. N'aie pas peur. Personne ne te fera de mal tant que je serai là. Je vais te ramener au palais.

La princesse n'était pas sûre de comprendre. Elle jeta des regards soupçonneux autour d'elle. N'était-ce pas encore un mauvais tour de Miroir Fumant, pour la torturer en lui redonnant espoir avant de la sacrifier pour de bon ? C'était bien son genre...

QUETZALCOATL

Comme s'il avait entendu ses pensées, l'homme-oiseau ajouta :

— J'ai renvoyé Tezcatlipoca dans l'En-bas. Il a perdu la partie. Je suis le seul maître de Tulà, désormais, et tu es sous ma protection. Quel est ton nom, jeune fille ?

Quetzalcóatl semblait fasciné par elle.

— Je suis Itzil Parac, seigneur... répondit-elle d'une petite voix, troublé par son regard.

Il sursauta, parut étonné, puis sourit de plus belle en lui prenant doucement les mains.

— Je te connais, jolie Itzil... Être aimé de toi est paraît-il la plus belle expérience qui soit...

L'adolescente fronça les sourcils, mal à l'aise, et tenta de se dégager, mais le dieu la tenait fermement.

— Itzil... Itzil... Que faisais-tu dans cet endroit sinistre, toute seule dans le noir, si joliment parée ?

Sa voix était envoûtante.

— J'étais promise au sacrifice par Tezcatlipoca et ses prêtres, murmura l'adolescente malgré elle, hypnotisée par ces prunelles étranges qui ne la quittaient pas.

— Miroir Fumant n'est qu'une brute sanguinaire... Quel gâchis... Itzil... Tu as été consacrée aux dieux, on ne peut pas revenir là-dessus, mais il y a mieux à faire pour me satisfaire que de donner ta vie à ceux de l'En-bas.

Quetzalcóatl pencha la tête sur le côté à la façon des petits oiseaux piqués par la curiosité. Il ajouta dans un souffle, se souvenant des paroles du jeune Nah dans la forêt :

— Donne-moi un baiser, princesse Itzil Parac...

Elle eut un hoquet épouvanté alors qu'il l'attirait vers lui...

*

Un peu plus tard...
« *Nahuaque... Nahuaque...* », chantaient les eaux putrides du cenote.

La jeune fille fit non avec la tête. Ses longs cheveux cachaient son visage baigné de larmes. Recroquevillée derrière un pilier, Itzil serrait ses genoux contre sa poitrine. Elle était couverte d'ecchymoses et de griffures, et sa tunique était déchirée. Les bijoux dont on l'avait parée pour le sacrifice gisaient par terre, brisés.

« NAHUAQUE ! » intima de nouveau la voix.

Itzil cessa de trembler, ravala un hoquet et releva la tête. Son œil était noir et brillant.

— Laisse-moi !

« Je t'avais dit que ton Quetzalcóatl ne te vaudrait rien, Vent de la Nuit. », insista la voix de Tezcatlipoca, montant des eaux du cenote, la porte qui le séparait désormais physiquement du monde des hommes. « Tu portes ma marque. Mon frère n'a jamais apporté que du malheur à ceux qui sont nés sous mon étoile. »

QUETZALCÓATL

Itzil se tordait les mains, prisonnière de sentiments contradictoires. Elle croyait depuis toujours que le Serpent à Plumes était bon et protecteur. Que c'était Tezcatlipoca qu'il fallait craindre. On l'avait lourdement trompée !

— Que vais-je devenir… ? Miroir Fumant, toi qui connais tout de l'avenir, dis-moi ce que je dois faire… Quel dieu accepterait mon sacrifice, à présent ? Même Nah ne voudra plus de moi ! Et puis… Quetzalcóatl est là-haut, il voudra recommencer. Avant de partir, il m'a dit qu'il m'aimait… Aide-moi, Tezcatlipoca ! Sauve-moi de Quetzalcóatl … Dis-moi comment me venger de lui et de Tulà qui m'offrit à lui !

Un silence lui répondit. Elle se mit debout et s'approcha du bassin. Les eaux verdâtres frissonnaient sous une brise glacée venant de nulle part.

— Je ferai ce que tu voudras, Tezcatlipoca, souffla la princesse, hypnotisée par le puits sacrificiel.

Un rire triomphal s'éleva des eaux du cenote et se répercuta longuement contre la voûte de la caverne.

— Bien. Je suis content que tu me reviennes, Nahuaque… Je ne suis plus en mesure d'agir en personne, en ce moment. Tu seras mon bras. Ensemble, nous nous vengerons du Serpent à Plumes. Es-tu d'accord ?

— Oui, Maître des Ombres.

— En es-tu sûre ? Tu ne reviendras pas sur ta parole ?

— Non.

Tezcatlipoca émit un long soupir satisfait.

— Bien. Dans ce cas, approche-toi du deuxième pilier. C'est le mien. Oui, je vois que tu reconnais mon effigie. Lève-les yeux. Vois-tu la niche ?

Itzil opina, juchée sur la pointe des pieds.

— Glisse ta main derrière l'idole de cristal, tu trouveras un éclat d'obsidienne. Fais bien attention. L'as-tu ?

— Oui.

— Frotte-le sur ta tunique pour qu'il resplendisse et plonge tes yeux dedans. Le miroir te révélera le plan que j'ai échafaudé…

Un sourire malsain déforma le beau visage d'Itzil Parac. Elle ramena sa chevelure en arrière, essuya son nez avec le dos de la main et regarda d'un air cruel l'échelle qui menait au palais. Elle ignorait que depuis son antre, Miroir Fumant jubilait.

Lorsque Tezcatlipoca s'était penché sur le roi Topiltzin, dans la Main d'Iztammà, et avait regardé dans son miroir, il avait immédiatement su que la partie de pelote serait remportée par Quetzalcóatl qui prendrait possession du trône. Alors, joueur habile, Tezcatlipoca avait mûri un plan digne de sa sinistre réputation. Itzil en serait la pièce maîtresse.

Miroir Fumant connaissait bien le côté sanguin et violent de son frère, incapable de maîtriser ses désirs et avide de sensations nouvelles. Voilà pourquoi, se faisant passer pour le roi, il avait fait préparer la jeune fille pour le sacrifice au cenote. Parée, parfumée, laissée seule dans la caverne chaude et moite, elle lui avait été bien plus utile que s'il l'avait exhibée

QUETZALCOATL

sur un autel de pierre, au sommet de la grande pyramide, pour lui arracher le cœur.

C'était le cœur du Serpent à Plumes qu'il voulait broyer !

Tout se passait comme prévu. Quetzalcóatl n'allait pas tarder à perdre l'admiration de ses partisans les plus fidèles…

CHAPITRE 2

Loin des yeux de Nah…

Depuis toujours, Quetzalcóatl enviait les êtres qui peuplaient la terre, jusqu'à l'oiseau quetzal, si menu mais si beau, dont il avait fait son emblème. Du plus petit au plus gros, les animaux savourent chaque instant de leur existence, car ils risquent de la perdre à tout moment.

Cette certitude de devoir mourir un jour les a dotés d'un pouvoir dont les dieux sont dépourvus, celui d'éprouver du plaisir et de la douleur, celui d'avoir des sentiments.

Les créateurs du Serpent à Plumes ne lui avaient pas fait don de la faculté de se transformer, comme Tezcatlipoca ou même Soleil Jaguar. Eux, ils pouvaient endosser la peau de la créature de leur choix. Quetzalcóatl, lui, n'était qu'un courant d'air, un pur esprit, qui avait besoin d'emprunter les chairs d'un être vivant pour prendre pied dans notre monde. C'est pourquoi, entendant la prière de Topiltzin lui proposant son corps, dans la forêt, il n'avait pas pu s'empêcher de répondre à son appel. Désormais, il était vulnérable, peut-être même mortel, mais quel bonheur de se sentir vivant !

Quetzalcóatl savait que cela ne durerait pas longtemps, car le corps humain n'avait pas été conçu pour servir de réceptacle à un dieu. Déjà, sa toute-puissance transparaissait à travers les chairs qu'elle profanait. Cela ne le dérangeait pas. Cette fragile enveloppe devenait sublime, à sa mesure, exacerbant les sensations qu'elle véhiculait. Quand il en saurait assez sur ce qui différenciait sa nature divine de celle des hommes, le Serpent à Plumes pourrait s'en passer.

L'être ailé était pressé de revoir la petite princesse. Ivre des joies découvertes auprès d'elle, Quetzalcóatl avait ressenti un irrésistible besoin de voler. Il l'avait donc laissée dans la caverne, pour qu'elle se repose. Quand il était revenu de sa promenade, un festin l'attendait, et la jeune fille lui était sortie de la tête.

À présent, le dieu marchait à grands pas dans les corridors étroits du palais, sondant les lieux à la recherche de sa bien-aimée. Quetzalcóatl sentait sa présence, il la voyait avec son esprit monstrueux : Iztil était pour lui un ruban de lumière gracieux, coloré ; un parfum doux et sucré, un chant hypnotique…

Elle était là, il l'avait trouvée qui l'attendait, assise sur le rebord d'un bassin, souriante. La princesse avait tressé ses cheveux et les avait piqués de grosses fleurs écarlates. Elle tenait une tranche de melon et un peu de jus faisait briller ses lèvres.

— Maître, dit-elle simplement.

Quetzalcóatl porta la main à sa poitrine. La sensation était exquise. Son cœur battait très vite et il avait la gorge serrée. Un picotement délicieux parcourut son corps jusqu'aux extrémités. Il frissonna, ravi.

— Ma belle Itzil…

Le dieu saisit la petite main qu'elle lui tendait et vint s'asseoir à ses pieds. Alors qu'elle caressait le duvet de son visage et lissait son plumage avec de longs gestes tendres, l'homme-oiseau soupira, les yeux mi-clos.

— M'aimes-tu, princesse ?

— Bien sûr.

— M'aimes-tu, ou me crains-tu ? insista-t-il.

Elle prit le temps de déposer un baiser sur sa joue avant de répondre :

— Je n'ai plus peur de toi, Serpent à Plumes.

Se méprenant sur ces paroles, Quetzalcóatl s'abandonna. Itzil lui offrit un fruit. Il mangea dans le creux de la petite main, comme un animal apprivoisé. Elle lui tendit alors une coupe remplie de mezcal. Confiant, il but. Il n'avait pas l'habitude de consommer de l'alcool. La tête lui tourna, il trouva cela amusant et se laissa resservir, encore et encore…

Il était pris.

QUETZALCOATL

CHAPITRE 3

Loin des yeux de Nah…

Nahuaque avait oublié qu'elle avait été Itzil Parac. Rongée par la haine, obsédée par le désir de se venger et d'échapper à Quetzalcóatl, elle consacrait chaque geste, chaque pensée à son nouveau maître, Tezcatlipoca.

Assise dans sa chambre, un grand miroir d'obsidienne devant elle, la jeune fille détaillait ce visage qu'elle avait l'impression de voir pour la première fois. Elle portait encore les traces des douloureuses étreintes du dieu ailé. Ses traits s'étaient creusés, allongés, comme si elle avait vieilli d'un coup. Ses cheveux, habilement nattés, étaient piqués de petites plumes noires et jaunes. Itzil regarda sa main un long moment puis la porta à son front pour déposer sur son visage une longue traînée de fards noirs. La marque de Miroir Fumant. Elle s'observa encore quelques temps, avant de sourire à son reflet :

— J'ai fait tout ce que tu m'as demandé, seigneur.

Dans sa tête, la voix de Tezcatlipoca répondit :

« En récompense, tu régneras sur Tulà en mon nom et les fils de tes fils après toi. »

— Oui, seigneur.

« Mais avant, tu dois encore accomplir le dernier acte de mon plan. Es-tu prête ? »

QUETZALCOATL

Elle marqua un silence, très court, avant de murmurer :

— Je le suis…

La princesse se leva et se dirigea vers la fenêtre. Dehors, tout paraissait calme. Le soir s'apprêtait à tomber et l'air fraîchissait. Les rues de la cité étaient désertes. Toute la population s'était réfugiée dans la forêt. Seuls quelques-uns des petits temples longeant l'avenue principale laissaient échapper vers le ciel les fumées hésitantes des derniers sacrifices exigés par Quetzalcóatl : des enfants arrachés par le dieu-ailé aux villages indiens des alentours afin de la satisfaire, elle, Nahuaque.

Pour faire payer à Quetzalcoatl ce qu'il lui avait fait endurer, elle avait accepté le plan de Tezcatlipoca : avilir et salir le Serpent à Plumes, le rendre aussi haïssable aux yeux du peuple qu'il l'était à son cœur de jeune fille violentée. C'était le prix qu'elle avait exigé pour lui accorder la faveur de l'aimer. Cela avait été facile. Enivré, le Serpent à Plumes était prêt à tous les excès. Il avait brûlé le village des Yaquis qui l'avaient pourtant si bien servi. Par amour pour elle, il avait dévoré les bébés, parce qu'elle lui avait dit qu'ainsi, il apprendrait d'eux la tendresse dont elle avait besoin. Il avait massacré les hommes et les femmes qui tentaient de s'interposer et avait chassé les autres dans la forêt. À présent, il l'attendait au sommet de la grande pyramide, fier de lui, certain d'avoir bien agi.

Depuis sa chambre, Nahuaque pouvait le voir. Quetzalcóatl était magnifique. Son ombre immense courait sur les gradins et le soleil couchant faisait onduler le temple comme un serpent de pierre. Il avait déployé ses grandes ailes émeraude et sa longue queue faisait comme une traîne impériale derrière lui. Le Serpent à Plumes paraissait embrasser le ciel et la terre de ses bras largement ouverts, tandis qu'il criait à la face du monde :

« Itzil ! Mon aimée ! Je t'attends ! »

Et elle, Nahuaque, souriait. Oui, elle allait le rejoindre, ce dieu triomphant. Elle allait lui donner le coup de grâce. Cette pensée redonnait un peu d'allant à son cœur pris dans la glace. La jeune fille ne vivait plus que pour cet instant.

CHAPITRE 4

Nah raconte…

Les jours qui suivirent la partie de pelote, nous avions tous l'impression d'émerger après une nuit de beuverie, le crâne douloureux et les idées confuses. Les partisans de Topiltzin étaient ravis de la victoire de Quetzalcóatl sur Miroir Fumant et, dans l'ensemble, la population se croyait redevable au Serpent à Plumes car la pluie avait cessé. Pourtant, la violence avec laquelle il avait éliminé l'usurpateur avait bouleversé tout le monde. Moi-même, je ressentais un picotement désagréable sur la nuque. Nous étions dans l'expectative. Qu'allait faire le dieu ? Qu'exigerait-il de ses sujets ? Je le connaissais et je craignais que sa soif de sensations nous fasse regretter Miroir Fumant.

Et je n'étais pas le seul à être inquiet.

J'observais Opoche et Grand-Père depuis un moment. Assis devant l'atelier, sur un bloc de calcaire destiné à devenir une tête de jaguar, ils parlaient à voix basse. Depuis mon hamac, sous l'auvent de chaume, je n'entendais que des bribes de leur conciliabule. Ils chuchotaient, ponctuant chaque échange de soupirs ou de hochements de tête.

J'en eus assez et décidai de les rejoindre.

— Verrai-je Itzil aujourd'hui, Grand-Père ?

Popoyotzin se retourna vivement, sourcils froncés :

— Que fais-tu déjà debout, Nah ?

— Itzil... insistai-je en venant m'accroupir devant eux.

Mon père posa sur moi son regard doux et grave et j'eus peur. Il dut le voir car il murmura :

— Nah, il faut oublier la princesse. Miroir Fumant a apposé sa marque sur elle, tu l'as entendu comme nous au début de la partie de pelote.

— Mais c'est Quetzalcóatl qui a gagné, protestai-je. Et il est mon ami. D'ailleurs, il m'a dit de venir au palais pour lui apprendre des choses. Il sait que j'aime Itzil, il ne m'empêchera pas de...

— Je ne tiens pas à te voir poursuivre cette relation, Nah, répondit mon père d'une voix blanche.

— Je n'abandonnerai pas Itzil !

— Je ne parle pas de la nièce du roi. Je parle de...

Il désigna le temple du Serpent à Plumes, là-bas, encore aux trois quarts dévoré par la brume du petit matin. Je haussai les épaules :

— Je ne vois pas où est le problème. C'est vous qui m'avez demandé de m'occuper de lui. Je suis le seul qu'il connaisse ici-bas. Quetzalcóatl a besoin de moi.

Je devinais à leur mine déconfite que Grand-Père et Opoche avaient été bouleversés par la violence du Serpent à Plumes. Je me tus un instant, comprenant soudain ce qu'ils

QUETZALCOATL

craignaient : s ne serions pas plus en sécurité sous son règne que sous celui de Tezcatlipoca, cela pourrait même être pire.

Je regardai les volutes de brume s'effilocher sur les pierres du temple et je me souvins du voyage irréel que j'avais fait grâce au peyòtl.

— Il a besoin de moi, murmurai-je.

Par *il*, j'entendais le roi. Ce malheureux que j'avais vu lorsque j'étais passé dans le monde des ombres grâce au peyòtl, et que j'avais abandonné là-bas, crispé sur son cri désespéré.

Son esprit m'avait montré le point faible des terribles divinités adorées par les Mayas : la caverne aux piliers qui les avait vus naître. La colère de Quetzalcóatl lorsque j'avais approché en rêve les crânes de cristal me laissait croire qu'en détruisant ces derniers, je pourrais peut-être les renvoyer dans l'En-bas, lui et ses sanguinaires congénères.

Le soleil choisit cet instant pour percer les nuages et baigner d'or les pyramides de Tulà. Aveuglé, je baissai les yeux et dévisageai la tête de jaguar qui tentait de jaillir, inachevée, du bloc de pierre sur lequel Grand-Père et papa étaient assis.

Pendant la transe du peyòtl, j'avais clairement vu cette caverne et la Porte qu'elle abritait. L'esprit de Topiltzin me l'avait montrée, croyant que je serais capable de la trouver, bien que je ne sois que le plus humble de ses esclaves. Son message aurait sans doute paru plus clair à Itzil !

En fermant les yeux, je revoyais cette salle étrange et le puits sacré qu'elle abritait, encerclé par les piliers de pierre. Ils m'obsédaient. Il n'existait que deux cenotes, deux passages entre le monde des vivants et celui des dieux, à Tulà. Tout le monde le savait, même les Yaquis. Celui du Jardin d'Iztammà que Soleil Jaguar avait refermé sous mes yeux, et celui dont parlaient les chants pour les morts : c'était un puits secret, une sorte de légende effrayante que l'on évoquait en baissant la voix. Les anciens disaient qu'on devait honorer la mémoire des défunts sinon ils revenaient nous punir en empruntant *la porte de l'ancienne Tulà*.

J'avais entendu cette histoire bien des fois. Elle expliquait en partie pourquoi les Yaquis avaient toujours préféré vivre dans la forêt plutôt que dans la fabuleuse cité déserte qui s'étendait sur leur territoire, et la raison pour laquelle ils avaient laissé les Mayas de Tolpitzin s'installer sans défendre leur bien. Tulà était une porte sur les enfers. Cette légende remontait sans doute à la naissance du monde elle-même, tout comme le « nid des dieux » dont m'avait parlé Quetzalcóatl dans la forêt, et cette caverne aux piliers qu'il me fallait trouver.

Je repensai à mon voyage imaginaire et aux visions que m'avait envoyées Topiltzin. Je n'étais certes qu'un jeune indien sans cervelle, mais plus j'y songeais, et plus les choses me paraissaient claires. L'attrait de Tulà pour les dieux qui n'hésitaient pas à se battre à mort pour en obtenir la suzeraineté, la signification du nom de l'antique cité investie par les Mayas, Tulà Teotihuacan, *le lieu où les hommes deviennent des dieux*, tout cela trouvait son sens dans ma quête des crânes de cristal.

QUETZALCOATL

Or, à ma connaissance, le lieu le plus ancien et le plus redouté de Tulà était la pyramide de Tezcatlipoca. Itzil m'avait raconté que d'effroyables sacrifices avaient eu lieu dans ses entrailles de pierre que l'on atteignait en passant par un dédale de souterrains partant de la maison du roi. Quelque chose me disait que c'était là que je devais chercher les crânes de cristal.

Dans la forêt, un fauve rugit. Je pinçai les lèvres, oubliant ma famille. Je devais me rendre au palais. Je devrai me débrouiller tout seul pour trouver la salle des crânes de cristal que m'avait montrée Topiltzin, car je n'étais pas capable de décoder les informations gravées sur les stèles et sur les murs de Tulà. Mes ancêtres avaient gravé des secrets sur les murs des temples, mais ils ne savaient plus les déchiffrer depuis longtemps.

Comme tous les nobles, Itzil avait étudié l'écriture effroyablement compliquée que son peuple avait apportée chez nous, où chaque signe peut avoir plusieurs sens, mais elle n'était pas là.

Seule l'écriture maya, obscure et difficile, pouvait expliquer et dévoiler les mystères du monde. Je le comprenais soudain d'une façon aiguë. Mon père était sculpteur, mais s'il avait beaucoup de talent, il ne faisait que reproduire des dessins que lui fournissaient les prêtres. Jusqu'à présent, il m'avait suffi de les trouver beaux, ces glyphes de pierre qui entouraient les fresques colorées des temples.

Un jour, pourtant, Opoche m'avait avoué qu'il aurait donné tout ce que nous possédions pour connaître le sens secret de ce qu'il gravait avec tant d'application. Il avait les yeux brillants et légèrement exorbités en en parlant :

— Tu vois, Nah, détenir le pouvoir des glyphes, des mots gravés, c'est pouvoir créer, invoquer, maudire, traverser le temps qui passe en laissant sa marque… Écrire, c'est inventer le monde, c'est deviner le dessein des dieux, c'est être un dieu soi-même. Et apprendre à mourir.

Apprendre à mourir…

« *Laisse l'enfer aux Mayas, Nah* », m'avait dit Itzil la dernière fois que je l'avais vue.

Sans un mot, j'abandonnai Opoche et Grand-Père pour gagner la cité silencieuse, accompagné par les inquiétants feulements des singes hurleurs.

QUETZALCOATL

CHAPITRE 5

Nah raconte...

Je cessai de courir en arrivant en vue du palais. Une vingtaine de têtes étaient fichées sur des piques, devant le portique. Pour effacer toutes traces du passage de son frère à Tulà, Quetzalcóatl avait puni les serviteurs de Miroir Fumant. On leur avait tranché la langue et les oreilles, et leurs faces blêmes, barrées par la marque noire du culte de Tezcatlipoca, grimaçaient devant les portes. Parmi elles, je reconnus celle du prêtre Nixtatl, les yeux révulsés. Ce terrible spectacle me renforça dans ma détermination.

J'avançai d'un pas sûr vers l'entrée du palais. Deux gardes me barrèrent la route et appelèrent un prêtre qui officiait dans la cour intérieure. Il posa le bol d'encens qu'il était en train d'agiter au-dessus d'un *chak mol*. Les langues et les oreilles offertes aux dieux pour apaiser leur colère achevaient de se consumer sur le ventre de l'autel de pierre.

— Déguerpis ! m'ordonna-t-il avec mépris en voyant mon pagne d'indien yaqui et le sac de toile, passé en bandoulière, contenant mon couteau et divers effets dont je ne me séparais jamais.

Le prêtre fit mine de regagner le patio. Furieux, je l'interpellai, maintenu à distance par les lances des deux gardes :

QUETZALCOATL

— Qui es-tu pour m'interdire de répondre à l'invitation du nouveau maître de Tulà ? Ignores-tu qu'il m'attend ?

Il hésita et se retourna pour me regarder plus attentivement :

— Prétendrais-tu avoir obtenu une audience ?

Je plissai le nez :

— De Quetzalcóatl lui-même. Je suis Nahualpilli. Fais-moi annoncer !

Comme il hésitait, je me campai sur mes deux jambes et levai haut le menton, les bras croisés sur la poitrine. Le prêtre me considéra un moment en fronçant les sourcils, avant de partir se renseigner, troublé par ma témérité.

Quand il revint, le prêtre semblait encore plus perturbé. Il me fit signe de le suivre, le regard fuyant, et s'engouffra dans le palais en trottinant.

Quetzalcóatl m'attendait dans un vaste patio inondé de lumière, dont les murs étaient recouverts de magnifiques fresques à dominante rouge. J'eus quelques difficultés à reconnaître mon compagnon de voyage dans la créature nonchalamment étendue sur un lit de coussins multicolores.

Il ne restait plus grand chose du roi Topiltzin. Il fallait beaucoup d'imagination pour retrouver ses traits sous ce duvet fourni d'un vert émeraude profond. Le visage était déformé, étiré vers l'avant comme celui d'un iguane. Quand il souriait, ses babines monstrueuses dévoilaient deux rangées de crocs d'un blanc éclatant. Ses ailes, repliées, saillaient de ses omoplates et dépassaient largement des épaules. Ses mains se terminaient par des serres, et j'eus l'impression que sa silhouette toute entière s'était allongée, serpentine et couverte de plumes.

— Nah, mon ami ! tonna-t-il en me voyant arriver.

Le prêtre s'inclina et s'empressa de disparaître, nous laissant seuls. Quetzalcóatl me montra un siège de pierre, à côté de lui, près d'un grand plateau d'argent sur lequel on avait déposé toutes sortes de victuailles et d'alcools.

— Je me demandais quand tu te déciderais à venir me voir, mon garçon.

Il fit un geste ample.

— Ici, je m'ennuie à mourir.

L'expression le fit sourire. Je haussai les épaules en m'asseyant.

— Toi, tu sais quelque chose… releva-t-il en portant un pichet de mezcal à ses lèvres. Pourquoi me fuit-on, Nah ?

Fronçant les sourcils, je le regardai vider la cruche d'une traite.

— Tu leur fais peur, Quetzalcóatl. Ils craignent tous de finir la tête sur une pique, comme les autres, dehors…

Il rit :

— Allons bon… Je les débarrasse de Tezcatlipoca et satisfais le dieu de la pluie en versant un peu de sang, et les voilà qui tremblent ! Je ne demande qu'une chose, qu'on s'occupe de moi, qu'on me distraie… Mais à la place, ils me laissent tout seul ici, parlent à voix basse et rasent les murs… Ils finiront par me mettre en colère, c'est certain !

Le regard amusé qu'il me jeta m'inquiéta :

— Mais maintenant, tu es là. Toi, Nah, tu es mon ami. Tu ne me crains pas et tu as plein de choses à m'apprendre.

— Je suis ton fidèle serviteur, corrigeai-je. Et je voudrais te demander une faveur.

— Parle !

J'hésitai. Comment formuler la chose ? Le Serpent à Plumes était devenu si imprévisible !

— Voilà… Je t'ai parlé de mon amie, Itzil…

Il s'accouda, la tête dans le creux de la main, et plissa les yeux, un sourire indéfinissable sur les lèvres.

— Oui, je m'en souviens très bien… Itzil Parac…

— Eh bien… Elle était retenue prisonnière par Miroir Fumant et je m'inquiète à son sujet… Je voudrais la revoir…

Quetzalcóatl garda le silence quelques instants, avant de se redresser brusquement et de s'asseoir. Il se pencha vers moi et planta son regard inhumain dans le mien :

— Pourquoi ?

Sa question me décontenança. Il l'avait posée d'une voix sèche, presque agressive. Je me renversai instinctivement en arrière.

— Itzil est mon amie, seigneur… Je…

J'avais la gorge sèche en repensant à la mise en garde de mon père.

— Je l'aime, lâchai-je dans un souffle.

Il plissa le nez, découvrant ses longues canines blanches, luisantes de salive.

— Tu l'aimes… Voyez-vous ça.

Il se leva et sa queue serpentine renversa le plateau en argent. Je me tassai sur moi-même.

— Itzil Parac m'a été consacrée. Elle m'appartient. Ta jolie princesse n'aime que moi, désormais.

Stupéfait, je sentis mon sang refluer dans mes veines. Je le regardai s'éloigner, incapable de dire quoi que ce soit. Dans ma tête, c'était le tumulte. Itzil ! Itzil !

Quetzalcóatl marcha jusqu'à un portique sur lequel on venait de peindre une fresque le représentant en train de terrasser Tezcatlipoca. Il se retourna et lança, de cette voix douce, désarmante, que je lui avais entendue dans la forêt :

— Tu avais raison, Nahualpilli. Rien ne peut égaler un baiser d'Itzil Parac. Après une éternité de solitude, je me sens enfin vivant. Tu es jeune. Tu en trouveras une autre. Tu n'as qu'à prendre celle que tu voudras.

Il désigna le palais, autour de nous.

— Tout ce qui est ici est à toi. Mais je garde Itzil. Une partie de moi l'habite, désormais…

QUETZALCÓATL

Le regard que Quetzalcóatl posa sur moi me fit frissonner. Ce n'était plus celui du roi-oiseau plein de candeur et de rêves, mais celui des tempêtes, de la dévastation et de la violence. Il y avait de la cruauté dans cet œil-là. Un avertissement sans appel. Il n'avait plus rien du Quetzalcóatl que j'avais connu, impatient d'apprendre et de vivre.

Il s'arracha une plume et me la tendit. Je compris qu'elle me servirait de sauf-conduit, car personne ne pourrait douter qu'il me l'avait donnée en gage de confiance. Comment l'adolescent que j'étais aurait-il pu la lui dérober ?

Je savais qu'il était inutile, voire périlleux, de discuter. J'opinai lentement, le cœur au bord des lèvres, une suée glacée sur la nuque. Il sourit, d'autant plus dangereux qu'il était sans malice, inconscient de sa toute-puissance. Quetzalcóatl disparut dans un corridor, me laissant seul.

Assommé, je restai là un long moment, l'œil perdu sur la fresque peinte en rouge et en ocre. Les hommes étaient bien à plaindre s'ils avaient le choix entre les fourberies sanguinaires de Tezcatlipoca et la folie égoïste de Quetzalcóatl…

Je baissai le front, serrant poings et mâchoires, et décidai de profiter de l'offre du Serpent à Plumes. Puisque j'avais l'autorisation de faire comme si le palais et ce qu'il contenait étaient miens, il était grand temps pour moi de partir à la recherche des mystérieux crânes de cristal qui, si je me fiais aux confidences de Quetzalcóatl lui-même, permettaient aux dieux de pénétrer dans notre réalité. Et donc, en déduisais-je, d'en être chassés. J'étais plus habitué aux pistes de chasse, dans la forêt, et au contact tendre de l'humus sous mes pieds nus, qu'aux ténèbres humides et froides des corridors mayas. Comme toujours lorsque mon cœur tremblait, je cherchai quelque réconfort dans mes souvenirs. Itzil était comme une étoile en moi, et sa voix se mit à tinter si fort dans ma tête que ma peur recula pour laisser place à la réflexion. Je me remémorai les récits que me faisait mon amie lorsque, enfants, nous jouions à nous effrayer mutuellement. Elle aimait me raconter par le menu les effroyables cérémonies qui avaient eu lieu sous la grande pyramide, et comment son oncle arpentait régulièrement les souterrains reliant son palais à cette dernière en pleurant pour expier tout le sang versé ici. De mon côté, narrant mes exploits de chasseur, j'essayai de l'impressionner…

Sans hésiter plus longtemps, je m'enfonçai vers les entrailles de Tulà, observant attentivement les dessins qui étaient gravés sur les murs.

QUETZALCOATL

CHAPITRE 6

Nah raconte...

Il aurait été facile de me glisser à la suite de Quetzalcóatl dans le corridor principal. Je l'aurais suivi discrètement et j'imagine que ses pas m'auraient conduit directement à Itzil. Il était clair que mon amie hantait ses pensées. Pourtant, malgré la tentation, je n'en fis rien. J'avais quinze ans et j'avais beau être fermement décidé à mener à bien ma mission, les menaces du Serpent à Plumes m'avaient ébranlé. Je gardais en tête la vision du corps démembré de Tezcatlipoca et les têtes fichées sur des piques, à l'entrée du palais. Je voulais sauver Itzil et ramener le bon roi Topiltzin sur son trône, ce qui impliquait que je reste en vie...

C'est pourquoi je ressortis du patio en empruntant l'autre porte, celle par laquelle le prêtre m'avait fait entrer.

Je ne connaissais pas le palais. Vaste et très ancien, il était constitué d'une multitude de couloirs étroits desservant toutes sortes de pièces exiguës, d'escaliers menant à des terrasses ensoleillées, des cours intérieures et des jardins, ou descendant vers des quartiers ténébreux et humides. Les corridors et les salles étaient sombres. Des torches donnaient vie aux fresques colorées et aux statues les décorant, mais elles dégageaient aussi une chaleur insupportable et une fumée âcre qui piquait les yeux.

QUETZALCOATL

Je ne rencontrai pas grand monde. Seuls quelques prêtres officiaient à l'intérieur, penchés sur leurs livres, dictant à de vieux scribes des choses mystérieuses liées aux étoiles et aux calendriers rythmant la vie des Mayas.

Caché dans l'ombre, je surpris une conversation entre deux hommes portant la marque du dieu de la pluie :

— Les signes nous ont trompés, disait l'un d'eux en tapotant un registre avec l'index. Rien ne laissait prévoir ce qui est arrivé.

L'autre prêtre opina. Il ajouta, l'air grave :

— Miroir Fumant avait obscurci nos visions pour nous cacher la disparition du roi et la venue de Quetzalcóatl. À présent, tout est clair. Le dieu de la pluie semble apaisé, il a écarté les nuages pour que nous puissions lire dans les étoiles. Mais il est trop tard. Son silence m'inquiète. Le dieu de la pluie a peut-être déserté Tulà, chassé du nouveau Katùn par le Serpent à Plumes, nous livrant à un monde aride et misérable !

Il secoua une écuelle en terre cuite. Je ne voyais pas ce qu'il y avait dedans. Il se pencha sur son contenu, le nez plissé et l'œil brillant. Son compagnon l'imita.

— Oui, le maître des eaux du ciel est parti. Nous aurions dû écouter sa colère avec plus d'attention. Nous voici sous la coupe du Serpent à Plumes, les champs sont inondés et le sang imbibe pour rien les pierres de la cité. Les dieux ne subviennent plus à nos besoins. Qu'arrivera-t-il quand l'eau potable et le maïs viendront à manquer ?

Un bruit terrible roula dans les couloirs, déformé par l'écho. Les deux hommes sursautèrent et se tournèrent vers une porte, au nord.

— *Il* gronde... fit l'un d'eux en caressant machinalement une amulette qu'il portait autour du cou.

— Oui... C'est son rire... Identique à celui qui a retenti lors la partie de pelote... Le Serpent à Plumes va encore tuer...

Ils frissonnèrent et je devinai qu'ils craignaient pour leur caste. Ils servaient le dieu de la pluie depuis toujours, mais ce dernier semblait les avoir abandonnés.

Déterminé, je décidai de reprendre ma route vers les enfers. La plume de Quetzalcóatl plantée dans mes cheveux inspirait à tous une telle crainte que je pus m'enfoncer dans les méandres de pierre sans être importuné.

Au début, j'avançai au hasard. Mon instinct de chasseur me permettait de m'orienter dans ce dédale dont les lumières ambrées luttaient sans cesse contre les ténèbres. Je m'efforçais de mémoriser les inscriptions gravées à chaque carrefour et de toujours choisir l'embranchement de droite. Ainsi, lorsque je devrais m'en retourner, je n'aurais qu'à suivre le parcours inverse pour ne pas me perdre. Les dessins ciselés sur les parois n'avaient pas de sens à mes yeux, puisque je ne sais pas lire. Mais j'avais remarqué que certains revenaient sans cesse : le dieu-crâne grimaçait lorsque le chemin descendait vers les portes de l'En-bas ; Soleil Jaguar, lui, se tenait sur ses pattes arrière et sa tête était entourée de rayons solaires lorsque le couloir remontait vers la sortie. Je choisis évidemment de

QUETZALCOATL

suivre les traces du dieu de la mort, certain qu'elles me conduiraient vers les soubassements les plus anciens de Tulà.

Et, enfin, je découvris l'antique salle des piliers que m'avait montrée Topiltzin en songes.

Le nid des dieux dont Quetzalcóatl m'avait parlé avec tant d'émotion, et que je devrais transformer en tombeau pour sauver mes semblables…

CHAPITRE 7

Nah raconte…

Tulà, « *Le lieu où les hommes deviennent des dieux* », ne porta jamais aussi mal son nom. Si Queztalcoàtl ne m'avait pas menti dans la forêt en me racontant l'histoire de sa naissance, et si je ne faisais pas erreur en pensant que c'était aux tréfonds de l'antique cité que cela s'était passé, celle-ci aurait plutôt dû s'appeler « le lieu où naissent les dieux ».

Je devais me trouver à quelques pas de la caverne originelle, puisque la pyramide sous laquelle je me trouvais était la construction la plus ancienne du site et que la tradition voulait que cette dernière abritât la seconde porte de l'En-bas.

— C'est dans le cenote de la pyramide de Tezcatlipoca qu'on sacrifiait les jeunes filles, jadis, m'avait raconté Itzil. Ce bassin, c'est un peu comme la bouche grande ouverte de toutes sortes de dieux affamés.

Rétrospectivement, cette évocation me glace toujours le sang. Néanmoins il n'était pas question de reculer. Les paroles du monstre au sujet d'Itzil m'aidaient à trouver du courage.

Comme je l'apprendrais plus tard, au même moment, au-dessus de ma tête la population yaquie, conduite par mon grand-père, se soulevait et marchait, armée de bâtons et de frondes, vers le centre de Tulà où trônait son nouveau maître. De mon côté, je restai un long moment indécis devant l'échelle permettant de descendre dans la caverne sacrée.

QUETZALCOATL

De là-haut, j'avais une vue d'ensemble sur la salle. Je pouvais admirer le fascinant tracé circulaire formé autour du cenote par les antiques piliers. Ses eaux étaient lisses, d'un vert pâle et opaque. Je me mordillais nerveusement l'intérieur de la lèvre, cherchant des yeux la silhouette recroquevillée que j'avais vue pendant la transe du peyòtl. Évidemment, elle ne se trouvait pas ici. J'étais seul dans ce lieu sacré. J'avais mal au ventre et j'étais fatigué. Je savais que je parviendrais à vaincre mon anxiété, parce que la pensée d'Itzil entre les griffes de Quetzalcóatl m'obsédait.

Lorsque je chassais seul en forêt, au milieu des prédateurs des zones marécageuses, j'avais l'habitude de dompter mes émotions, ou plutôt de me servir d'elles pour aiguiser mes facultés. Cette fois, ce n'était pas différent. La peur qui me serrait le ventre, j'allais l'utiliser. Je trouverais le courage de descendre et de mener à bien ma mission dans l'amour que j'éprouvais pour Itzil.

Des mèches de suif brûlaient dans de grands bols de pierre volcanique disposés tout autour du cenote. Les colonnes sculptées me parurent plus petites que celles que Topiltzin m'avait montrées en rêve. Les longues flammes ondulantes des braseros crachaient une fumée noire et âcre, animant les figures gravées sur les flancs des piliers. Je reconnus chacune d'elles : Ah Puch le grimaçant dieu-crâne, le dieu de la pluie au long nez, Itzammà notre père à tous, Tepeu la Lune, Ixchel notre mère la déesse aux innombrables mamelles, le dieu du maïs, le Soleil-Jaguar, Tezcatlipoca, et bien sûr, le Serpent à Plumes…

CLAIRE PANIER-ALIX

Je passai devant l'effigie de Miroir Fumant en retenant mon souffle et m'approchai de celle de Quetzalcóatl. Je résistai comme je pus à la fascination de son regard de pierre et à la crainte qu'il m'inspirait. Mes sentiments étaient confus. Il était tout à la fois la fabuleuse créature qui m'avait accordé sa confiance, et l'abomination qui venait d'étendre un manteau de terreur sur Tulà. J'inspirai profondément et murmurai :

— Grand dieu, je ne te veux pas de mal. Je reste ton fidèle serviteur, mais ce serait mal te servir que de te laisser te pervertir plus longtemps en nous entraînant dans ta chute.

Ce disant, je me mis sur la pointe des pieds et fouillai la niche creusée au sommet de la colonne, au-dessus de la représentation du Serpent à Plumes. Mes doigts rencontrèrent quelque chose de froid et de lisse. C'était petit, de la taille de mon poing, et je m'étonnai que ce fût si délicat, si fragile…

Le crâne de cristal se composait de deux parties. La mâchoire inférieure était juste emboîtée dans le reste du bloc. On aurait dit la tête d'un petit enfant. Mon cœur battait très vite. Je pensais que si je brisais le précieux objet contre la colonne, je libérerais le corps du roi de l'esprit divin qui le possédait, mais un doute m'assaillit. Qu'avait voulu me dire Topiltzin en me dévoilant l'existence de ces crânes, et pourquoi le Serpent à Plumes craignait-il tant que je touche au sien ? Au même moment, un sentiment angoissé me glaça le sang. Je me souvins de la sensation de danger que j'avais éprouvée sous l'effet du peyòtl lorsque la voix avait tonitrué :

« N'Y TOUCHE PAS ! »

QUETZALCOATL

Je jetai un coup d'œil inquiet vers les eaux du cenote, puis vers l'échelle. La porte de l'En-bas frissonnait. Il fallait que je parte d'ici au plus vite. Je fourrai le petit crâne de cristal dans mon sac et me sauvai.

CHAPITRE 8

Loin des yeux de Nah...

Quetzalcóatl trônait au sommet de la pyramide. Le monstre de pierre hérissé de têtes de serpent, de coquillages, de jaguars et de fleurs aquatiques, venait d'être repeint, car toutes ses couleurs avaient été délavées par la colère du seigneur de la pluie. À présent, le dieu-roi se tenait là-haut, aussi immobile que les statues qui le représentaient. Pour plaire à Itzil, il avait renoncé aux écailles et aux traits reptiliens qui étaient sa marque, et repris ceux du roi de Tulà. Seuls ses yeux étranges trahissaient sa véritable identité.

Il observait d'un œil indifférent la foule massée dans la cour de la citadelle. L'assistance apostrophait les prêtres et les gardes en brandissant des armes. À ses côtés, la princesse Itzil, assise sur l'un des bras du trône, cachait son émotion derrière un masque incrusté d'éclats de turquoise. La main de Quetzalcóatl était posée sur sa hanche, et elle-même s'accoudait à l'épaule du dieu. Au loin, la massive silhouette de la pyramide de Tezcatlipoca abritant le nid des dieux frissonnait dans la chaleur accablante qui avait remplacé les déluges.

Le peuple de Tulà s'agglutina au pied du temple et bouscula les gardes qui en interdisaient l'accès. Des pierres furent lancées mais elles terminèrent leur course à mi-parcours, sur le grand escalier.

QUETZALCOATL

— Topiltzin ! criait-on, troublé par l'apparence adoptée par Quetzalcóatl. Tu as pactisé avec des forces qui te dépassent. Tu as offert ton peuple en pâture aux démons. Retire-toi ! Nous ne te voulons plus comme maître !

Une autre voix, aux accents yaquis, répondit :

— Ce n'est pas Topiltzin ! Souvenez-vous, c'est un usurpateur assoiffé de sang qui a pris sa place !

C'était Popoyotzin, mon grand-père, le chef des indiens. Il pointa un index accusateur vers Quetzalcóatl :

— À cause de lui, tous les autres dieux nous ont abandonnés ! Le maïs pourrit sur pied, les femmes font des fausses couches, le bétail est malade et le gibier a fui la forêt ! Va-t-en, Quetzalcóatl ! Tu as rompu le pacte, à cause de toi ce monde va mourir avant la date prévue, et le tien basculera lui aussi dans le néant !

À ces mots, le Serpent à Plumes se leva et la foule se tut, reculant d'un pas. Tous avaient de nouveau en tête la partie de pelote et les raids sanglants dans leurs villages.

— Si les dieux se désintéressent de votre sort, petits hommes, c'est parce que vous ne valez pas la peine qu'ils se donnent du mal pour vous. Je suis le seul à vous aimer suffisamment pour m'abaisser à partager vos misérables existences. Croyez-vous pouvoir continuer à bénéficier gratuitement de la protection et des bienfaits de mes frères ?

Il s'interrompit et se frappa la poitrine du plat de la main :

— Votre roi a cru que son propre sang serait assez bon pour nous contenter et vous épargner la peine de donner le vôtre. Mais ce ne sont pas les termes du pacte liant les dieux aux humains. Vous voulez que le soleil se lève, que la pluie tombe en quantités suffisantes mais sans excès, que le maïs pousse sans effort, que les enfants naissent beaux et forts, et que vos frontières repoussent vos ennemis et vous apportent de nouvelles terres, de nouvelles richesses. Et tout cela, nous devrions vous le prodiguer sans exiger notre part en échange ? Mais chaque don que nous vous faisons nous coûte une partie de nos rêves, et nous nous affaiblissons. Lorsque vous prospérez, c'est nous que vous dévorez. Nous avons besoin de vos vies pour nous régénérer.

Le dieu serpent caressa tendrement la chevelure de la princesse, l'œil dans le vague, avant d'ajouter :

— J'aurais mieux fait de vous laisser entre les griffes de Tezcatlipoca. Vous auriez sans doute préféré son règne. Il aurait été de courte durée, car sa soif de sang vous aurait exterminés en moins d'une saison.

Une voix anonyme monta de la foule pétrifiée :

— Pourquoi avoir pris nos enfants, seigneur ? Qui te rendra hommage, demain, à présent qu'ils sont morts et que leurs mères ont le ventre sec ?

Quetzalcóatl chercha qui avait parlé. Il allait répondre quand il sursauta et commença à regarder autour de lui, l'air anxieux. On aurait dit qu'il était assailli par des insectes invisibles.

QUETZALCOATL

Le dieu écarta la princesse et poussa un hurlement atroce, les bras tendus vers le ciel. Ses grandes ailes de cuir se déployèrent dans son dos. Son corps se couvrit d'écailles et de plumes et grandit à vue d'œil, recouvrant de son ombre le temple et la vaste cour de la citadelle. Se désintéressant des affaires humaines, le dieu-serpent prit son envol vers la grande pyramide sous laquelle reposait son bien le plus précieux, sinon sa vie elle-même, son crâne de cristal.

Itzil le regarda disparaître en souriant derrière son masque. Une fois seule, elle commença à descendre une à une les marches du temple, sous l'œil attentif des insurgés. Quelqu'un lança une pierre qui l'atteignit à l'épaule.

— Maudite ! cria une femme.

La princesse s'arrêta à mi chemin et se baissa. Elle ramassa l'un des projectiles accumulés sur les marches, et le regarda fixement. Itzil savait qu'elle avait l'air frêle et vulnérable, au milieu de cet immense escalier hérissé de têtes de dragon grimaçantes, face à cette foule en colère. Elle allait en jouer.

— Je vous en prie, fit-elle d'une toute petite voix. Aidez-moi avant qu'il ne revienne…

Les gardes faisant face aux révoltés étaient visiblement décontenancés. Devaient-ils servir le divin maître de Tulà, ou bien protéger la nièce de leur roi ? Étaient-ils sensés repousser le peuple de Topiltzin ou bien se joindre à lui dans l'espoir qu'un jour, le roi reviendrait ?

Profitant de ce flottement des soldats, plusieurs paysans yaquis rompirent la barrière des javelines et investirent l'escalier. Quand ils furent à portée de voix, Itzil répéta, implorante :

— Je vous en prie, aidez-moi avant qu'il ne revienne...

— Venez, princesse, lui répondit l'un d'eux en la prenant par la main.

C'était Opoche. Il ignorait où se trouvait son fils, mais il ne pouvait pas laisser celle que Nah aimait à la merci du monstre et des insurgés. Le sculpteur jeta un œil déçu aux statues qu'il avait fait naître avec tant d'amour. Il rechignait à admettre que le Serpent à Plumes était devenu notre ennemi, mais les faits étaient là. Il chercha son père des yeux.

Croisant son regard, le vieux chef yaqui hocha imperceptiblement la tête et harangua leurs compagnons :

— Abandonnons cette cité maudite ! Les Anciens l'ont désertée jadis parce qu'elle n'apportait que du malheur aux hommes. Rendons ces ruines aux lézards et à la poussière ! Retournons dans la forêt !

C'est ainsi que malgré le rêve qu'avait fait le roi Topiltzin en venant s'y installer, Tulà se vida à nouveau.

Seule une petite étincelle y brillait encore, dans les corridors obscurs du palais, pourchassée par la voix bouleversée du dieu-serpent : « N'y touche pas ! N'y touche pas ! »

QUETZALCOATL

CHAPITRE 9

Nah raconte...

Amplifié par le dédale souterrain, le grondement de colère de Quetzalcóatl parvint jusqu'à moi. Mes cheveux se dressèrent sur ma tête. Instinctivement, je serrai le sac contre ma poitrine. Tant que je détiendrais le crâne de cristal, le dieu serpent n'oserait pas me faire de mal. J'inspirai profondément et repris ma route.

Mes mains décodaient désormais les glyphes gravés dans les murs. Je suivis les figures représentant Soleil Jaguar, elles me ramèneraient vers la lumière du jour. Je comptais les pas, les virages, m'efforçant d'ignorer les échos effrayants qui peuplaient les corridors. Bientôt, je parviendrais au palais proprement dit. Je montrerais la plume de quetzal, et les gardes me laisseraient partir. Je n'aurais plus qu'à courir jusqu'au village et demander conseil à Opoche et à Grand-Père.

Voilà ce que je devais faire.

Mais la voix tonna encore une fois : « Rends-le moi ! » et je sentis le souffle de Quetzalcóatl sur ma nuque. Il était là, derrière moi. Le dieu serpent aurait pu me briser en deux d'un coup, mais il n'en fit rien. Serrant le sac contre mon ventre en fermant les yeux, j'adressai une prière muette : « Soleil Jaguar, viens à mon secours ! »...

QUETZALCOATL

— Pourquoi fais-tu cela, Nah ? demanda le Serpent à Plumes avec la voix douce qu'il avait lorsque nous nous cachions tous les deux dans la forêt, près du lac. N'es-tu pas mon ami ?

Je pris une grande goulée d'air, rouvris les yeux et lui fis face :

— Tu te souviens de la discussion que nous avons eue, au sujet du roi et du mal que tu lui faisais, seigneur ?

Je fus décontenancé par son apparence. Il avait repris figure humaine et seules quelques traces de duvet moiraient encore ses joues et son front. Ses ailes traînaient par terre, derrière lui, comme un manteau de plumes dégrafé.

Il posait sur moi un regard désemparé qui faillit me faire renoncer, mais quand il tendit la main vers le sac, je revins à la réalité en m'écartant vivement.

— Je t'en prie, Nah, rends-le moi ! supplia-t-il.

— Pas question. Tu devais apprendre à devenir meilleur, Quetzalcóatl. Au lieu de ça, tu n'as fait que répandre la terreur. Tu dois retourner d'où tu viens, et rendre sa place à notre bon roi Topiltzin.

Quetzalcóatl me considéra un moment sans rien dire, puis son expression changea. Il faisait sombre, mais la pâleur extrême de sa peau rayonnait. Je vis la haine et la cruauté dans son œil à la pupille fendue. Son visage se déforma, et reprit son air bestial. Il leva le bras, menaçant. Je reculai en plongeant la main dans le sac de toile. Alors qu'il allait me frapper, je brandis le crâne de cristal devant lui en déclarant avec une froideur dont je ne me serais pas cru capable :

— Prends garde, Quetzalcóatl ! Car j'ai bien envie de fracasser cette petite chose fragile contre le mur...

Il s'immobilisa net.

— Tu vas me laisser partir, à présent, repris-je. Et tu vas rester bien sagement ici, sans rien tenter pour m'arrêter !

Il fixait la sculpture transparente, fasciné, opinant lentement à chacune de mes consignes. Je ne le quittais pas des yeux moi-même, car je n'avais aucune confiance dans cette apparente soumission. Ce que j'avais lu dans son œil de serpent quelques instants plus tôt restait imprimé sur ma rétine.

— Que vas-tu en faire, Nah ? cria-t-il alors que je remontais vers le palais en marchant à reculons, tenant toujours le crâne devant moi pour me protéger d'une éventuelle attaque.

Pris d'une soudaine inspiration, je lançai dans sa direction :

— Je te le rendrai peut-être intact si tu laisses Topiltzin revenir, Serpent à Plumes !

Un gémissement poignant me répondit.

J'atteignis la sortie, étonné de n'avoir rencontré personne en chemin. L'air frais du soir m'accueillit. Ma vision s'adapta peu à peu à la clarté, après tout ce temps passé dans le noir. Je

QUETZALCOATL

rangeai le précieux crâne de cristal dans mon sac et partis au pas de course.

CHAPITRE 10

Nah raconte...

Pour rejoindre le village, je devais traverser la Main d'Iztammà. La dernière fois que cela m'était arrivé à la tombée de la nuit, j'avais rencontré Soleil-Jaguar, assisté à la métamorphose de mon roi, à son agression par des démons avant de me voir confier la responsabilité d'un dieu touchant mais incontrôlable. Depuis, je n'avais que des ennuis. Serrant toujours contre moi le sac contenant le crâne de cristal, je pénétrai dans le jardin sacré avec angoisse. J'avais hâte de me confier à Opoche. Je me disais qu'il tiendrait conseil avec les autres sages du village et que le chef Popoyotzin — Grand Père — prendrait fatalement la bonne décision.

Je n'eus pas à aller bien loin. À peine avais-je franchi l'impalpable frontière séparant le domaine des hommes de celui des dieux, ténébreux et sacré, que je sentis quelque chose d'inhabituel. L'endroit, d'ordinaire silencieux, était empli de craquements, de chuchotis, d'éclats de voix et de crépitements. Des lueurs jaunes couraient entre les troncs noueux des vieux cyprès et ceux, épais et gris, des ceibas.

Là-haut, je le savais, les jaguars aimaient se cacher en attendant une proie facile, mais avec ce vacarme et ces va-et-vient incessants, je doutais qu'il y en eût le moindre à des lieues à la ronde. Une odeur familière me confirma ce que je soupçonnais sans pouvoir l'expliquer : des gens campaient non loin.

QUETZALCOATL

Intrigué, je m'approchai des foyers qu'on avait allumés dans une clairière, au bord de la rivière. Reconnaissant la silhouette de Chichima, ma mère, penchée au dessus d'une grosse pierre plate posée dans le feu sur laquelle elle étalait la pâte pour les tortillas, je sortis du couvert sans m'annoncer. Deux poignes de fer se refermèrent sur mes bras et me plaquèrent au sol sans ménagement.

— Lâchez-moi ! m'écriai-je en me débattant.

Mais je n'étais pas de taille face au gaillard qui, après m'avoir bâillonné, me ligotait déjà en me gratifiant de quelques coups de pieds pour calmer mes ardeurs. Il portait le masque en peau de jaguar des gardes de Tulà. Je jetai des regards désespérés vers ma mère qui n'avait rien remarqué, à une cinquantaine de pas de là.

Impuissant, je fus traîné comme un vulgaire sac de haricots jusqu'à un groupe d'hommes en armes. Ils formaient un cercle compact qu'ils rompirent pour nous laisser passer. Je roulai des yeux furieux vers Grand-Père, juché sur une vieille souche d'arbre, revêtu de ses parures de chef et couvert de peintures de guerre. Il était en grande discussion avec les représentants des prêtres ayant fui la cité maudite et le capitaine des gardes. Je vis aussi mon père Opoche qui se tenait un peu en retrait, me jetant des coups d'œils inquiets.

— Qu'est-ce que ça veut dire ? gronda Popoyotzin.

Ignorant le chef yaqui, le soldat qui m'avait capturé me frappa avec la hampe de sa lance en s'adressant à son capitaine :

— J'ai attrapé celui-là alors qu'il pénétrait dans le cercle interdit.

Le garde estimait visiblement qu'il n'avait pas de comptes à rendre au vieil indien. Son capitaine lui avait donné une mission — faire le guet autour du camp — et cela seul importait.

— C'est mon petit-fils ! Relâche-le, tu vois bien que ce n'est qu'un enfant !

Le guerrier se braqua et plissa son long nez busqué avec mépris :

— Je n'ai pas d'ordre à recevoir de toi, *polok kis* !

Traiter un chef yaqui aussi vénérable de « gros pet » était téméraire, même pour un guerrier maya.

Il y eut un mouvement de colère parmi les Indiens présents, mais Grand-Père leva une main apaisante et répondit, s'adressant directement au capitaine des gardes :

— Fais-le détacher tout de suite. Nous vous avons accueillis parmi nous, mais je ne tolérerai aucune brimade. Vous n'êtes pas à Tulà, ici !

L'officier garda le silence et fixa un long moment le vieux chef indien avant de se tourner vers les prêtres. L'un d'eux lui murmura quelque chose à l'oreille. C'était celui qui m'avait introduit auprès du Serpent à Plumes, dans le patio, quelques heures plus tôt. Finalement, le guerrier croisa les bras sur la poitrine et déclara :

QUETZALCÓATL

— Ce garçon est envoyé par Quetzalcóatl pour nous espionner. C'est son protégé. D'ailleurs, regardez la plume qui est fichée dans ses cheveux !

Grand-Père haussa les épaules :

— Soleil-Jaguar est le protecteur de Nah depuis toujours. Vous qui servez les dieux, vous devriez faire attention à ce que vous dites lorsque vous êtes dans le jardin sacré dont celui-ci a la garde… Ce n'est pas Quetzalcóatl que mon petit-fils sert, mais le roi Topiltzin, sur ordre de Soleil-Jaguar. Il peut vous montrer l'empreinte que ce dernier a laissé dans son dos, si vous voulez ! Vous nous direz alors comment il aurait pu survivre à cette rencontre si le dieu-jaguar n'en avait pas décidé ainsi ?

Grand-Père se tourna vers moi :

— Nah, quelles nouvelles apportes-tu ?

Bâillonné, je ne pouvais pas répondre. Je commençai à m'agiter en marmonnant, montrant avec les yeux et le menton ma besace dont le soldat s'était emparé lorsqu'il m'avait capturé.

Le capitaine fit signe au garde d'apporter mon sac aux prêtres et, sous le regard impérieux de Popoyotzin, ordonna qu'on me libère. Frottant mes poignets, je m'efforçai de faire comprendre à Grand-Père qu'il fallait qu'il récupère mon bien avant les prêtres, mais mes mimiques furent inutiles. Ils s'étaient déjà fait remettre la musette et son contenu.

— Qu'est-ce que… ! s'exclama-t-il en reculant, horrifié.

Le sac passa de mains en mains. Aucun des serviteurs du culte n'en voulait, si bien qu'il termina sa course posé par terre, à leurs pieds.

— Qu'y a-t-il donc ? demanda le capitaine des gardes, agacé.

Il se pencha et fit mine de ramasser la gibecière pour voir ce qu'elle pouvait bien contenir d'aussi effrayant. Croisant le regard inquisiteur de mon père, je me lançai :

— La seule chose que le Serpent à Plumes craigne en ce monde !

Le guerrier interrompit son mouvement et tourna la tête vers moi. Tout le monde l'imita.

— Ce gamin va causer notre perte ! se lamenta l'un des prêtres en serrant son front dans ses poings.

— La colère des dieux va être terrible ! Nous sommes perdus ! geignit un autre.

Lentement, le capitaine ouvrit le sac et regarda à l'intérieur. Une goutte de sueur perla à sa tempe et glissa sur sa joue.

— Qu'est-ce donc, Nah ? Qu'as-tu fait ? demanda Grand-Père d'une voix blanche.

Je levai les yeux vers lui, sûr de moi :

— Tu m'as dit d'utiliser le peyòtl pour aller demander au roi ce que nous devions faire. Il m'a montré où se trouvait la clef qui le libérerait de sa prison. Cet objet magique permet à

QUETZALCOATL

Quetzalcóatl de pénétrer dans notre monde et d'y rester. Il en existe un pour chacun des dieux. L'avoir en ma possession m'a valu la vie sauve, tout à l'heure. Tant que nous l'avons en otage, le Serpent à Plumes nous laissera tranquilles.

À voir leur expression, il était clair que les prêtres connaissaient l'existence des crânes de cristal et des piliers tutélaires de cette salle sous la pyramide, avec son grand cenote, la seconde porte de Tulà sur l'En-bas.

Il en allait autrement pour Grand-Père qui ne comprenait visiblement pas de quoi il s'agissait. Opoche s'approcha de lui et chuchota quelque chose à son oreille. L'œil noir du vieil homme brilla. Il sourit et me fit signe de lui apporter l'objet incriminé.

Le capitaine des gardes s'écarta et me laissa reprendre le sac.

Quand j'en sortis le petit crâne de cristal pour le tendre à mon aïeul, un murmure à la fois émerveillé et affolé parcourut l'assemblée. Je devinai à leur timbre aigu que les femmes s'étaient jointes au groupe. Deux petites silhouettes aux jambes torses sortirent de la foule et s'avancèrent pour mieux voir. Je les connaissais. C'étaient les nains du roi. Je les avais souvent vus à ses côtés, lors des cérémonies, singeant les prêtres et les dieux pour nous rappeler la vanité de toute chose. Itzil les détestait.

Grand-Père descendit de la souche d'arbre et s'approcha. Il ne toucha pas le précieux objet posé sur ma paume, mais il l'étudia avec soin. Mon père l'imita, les sourcils froncés. Il allait dire quelque chose quand une voix familière claqua derrière moi :

— Nah ! Tu ne l'as donc pas détruit ?

Je me retournai, bouleversé, reconnaissant la voix d'Itzil.

— Itzil ! Tu es sauve !

Elle serrait autour de ses épaules un châle de laine bariolé qui appartenait à ma mère. Je ne l'avais plus revue depuis le début de cette aventure. Sa mine me glaça le sang. Je repensai aux paroles de Quetzalcóatl, dans le patio. Désormais, elle lui appartenait. Mon premier mouvement fut de briser tout de suite la précieuse statuette de cristal pour le punir d'avoir voulu me voler celle que j'aimais et d'avoir osé la toucher.

La main d'Opoche m'en empêcha en me prenant le crâne des mains. Libéré, je serrai mon amie contre moi. J'aurais voulu l'embrasser, mais je sentis qu'elle se raidissait, distante. Je libérai Itzil et constatai que son visage restait aussi froid que lorsqu'elle m'avait interrogé. Elle répéta sa question :

— Pourquoi ne l'as-tu pas détruit, Nah ?

Elle ne termina pas sa phrase. Pourtant, son regard trahit sa pensée. Grand-Père dut s'en rendre compte car il demanda sur un ton accusateur :

— Que sais-tu de ce crâne de cristal, princesse, et de son rapport avec Nah ? Tu portes sur le visage la marque noire de Tezcatlipoca, pourquoi ?

Elle le défia du regard. Je ne pus m'empêcher de m'interposer :

QUETZALCOATL

— Je t'en prie, laisse-la tranquille, Grand Père. Tu n'as aucune idée de ce qui se passe au palais. Itzil a vécu un enfer à cause de Miroir Fumant. Et personne ne l'a aidée. Ensuite, Quetzalcóatl est arrivé et…

Je m'interrompis et souris à mon amie.

— Et ce fut pire, conclus-je.

J'étais trop jeune pour comprendre la signification de ce qu'elle avait subi. Mais imaginer que cela avait été terrible et que j'avais failli la perdre me suffisait.

Ma princesse avait les lèvres pincées, mais je vis son menton trembler. Je lui pris la main et la serrai. J'eus l'impression qu'à ce contact, elle se détendait un peu. Le vent de la nuit nous fit vaciller et souffla plusieurs torches.

La voix de Grand Père, autoritaire, nous ramena tous à la réalité :

— Bon, nous verrons cela plus tard. Pour l'heure, ce qui compte c'est ce que nous allons faire. Nah, tu dis que tant que nous détiendrons le crâne, le Serpent à Plumes ne cherchera pas à nous nuire ? Qu'en pensent les prêtres ?

Les religieux se concertèrent avant de déclarer :

— L'enfant a raison : Quetzalcóatl craint trop que le crâne ne soit détruit. Il y perdrait beaucoup et se retrouverait enfermé dans l'En-bas sans possibilité de sortir des enfers. Mais cela ne règle pas le problème pour autant.

— Pourquoi donc ? s'exclama le vieil indien en haussant les épaules. Nous n'avons qu'à quitter les lieux et aller nous installer bien loin d'ici, en emmenant le crâne de cristal en otage, comme le suggérait Nah tout à l'heure !

Le prêtre secoua la tête, l'œil sévère, comme s'il avait en face de lui un enfant turbulent qui n'écoutait pas les leçons de son maître.

— Quoi ? insista Popoyotzin.

L'un des deux nains royaux me désigna en déclarant :

— Demande à l'enfant. S'il a vraiment voyagé avec le peyòtl, il sait que ce n'est pas si simple. Demande-lui pourquoi il n'a pas détruit le crâne pour nous débarrasser une bonne fois pour toutes de Quetzalcóatl ?

Tout le monde se tourna vers moi, mais j'étais obnubilé par Itzil et ne m'en rendis pas compte. Il fallut qu'elle me repousse pour que je réagisse.

— Nah ?

C'était la voix douce et posée de mon père. Il répéta la question du prêtre. Je déglutis, avec l'impression terrible que le crâne de cristal me fixait de ses orbites translucides.

— Je ne pouvais pas condamner le roi à rester dans cet enfer... Il faut renvoyer le Serpent à Plumes dans le monde des dieux, mais aussi ramener notre roi Topiltzin ici. Mais je ne sais pas comment faire...

— Nous, nous savons, répondit l'un des prêtres à la place de mon père. Et s'il faut effectivement rétablir l'équilibre, il n'est pas question de détruire le crâne pour autant. Ce serait nous priver de l'aide et de la protection de ce dieu qui nous donna la vie. Sans Quetzalcóatl, notre monde dépérira. Il faut juste remettre les choses en place…

Itzil posa un œil noir sur l'objet sacré et fit mine de vouloir s'en emparer. Opoche leva le bras instinctivement pour le mettre hors de portée de la princesse. Les nains de Topiltzin gloussèrent. Elle se figea, les narines frémissantes. Je clignai plusieurs fois des paupières, une suée glacée sur la nuque. Je ne reconnaissais plus mon amie. Pire, Itzil m'évoquait le regard pénétrant de Miroir Fumant, quand il m'avait abordé au marché.

— Il faut le détruire, tout de suite ! dit-elle d'une voix rauque, déformée par la haine.

Comme nous la considérions tous d'un air stupéfait, mon amie se reprit, eut un hoquet et partit en courant. Je mis son désarroi sur le compte de ce qu'elle avait enduré.

Popoyotzin semblait voir les choses autrement tandis qu'il la regardait disparaître derrière les arbres. Avec ses rides, ses peintures de guerre et ses parures de plumes, éclairé par les lumières tremblotantes des flambeaux restants, mon grand-père ressemblait aux fresques qui ornaient les soubassements de la grande pyramide.

Celles qui représentaient les dieux sous une forme presque humaine.

CLAIRE PANIER-ALIX

CHAPITRE 11

Nah raconte…

Cette nuit-là, les anciens parlèrent longuement. J'essayai bien de suivre les débats, étant le premier concerné, mais l'épuisement physique et nerveux eut raison de moi. Je m'assoupis. Leurs murmures peuplèrent mes rêves d'une multitude d'Itzil, de Topiltzin, de crânes ricanant et de Quetzalcóatl me pourchassant.

Lorsque la main de mon père me secoua, au petit jour, je gardai un souvenir confus de mes songes : Des bribes d'images et d'avertissements qui me laissèrent un sentiment de malaise. Les piaillements sonores des quiscales à longue queue renforcèrent cette impression sinistre. Les oiseaux, noirs et luisants, semblaient se moquer de moi.

Alors que je prenais le bol de cacao mélangé à du maïs et saupoudré de piment généreusement offert par les nobles qui s'étaient joints à notre exode, je remarquai l'agitation des guerriers-jaguars, à la lisière du campement. Ils taillaient des brancards et des piques dans la végétation, au rythme des mélopées chantées à voix basse par les prêtres pour remercier Soleil Jaguar de les laisser se servir sur son domaine. Opoche me rejoignit, une écuelle contenant des tamales de dindon à la main. Il m'en proposa une en m'entraînant vers le feu de bois dont s'occupaient Chichima et les autres femmes. Nous nous assîmes sur un tronc d'arbre renversé, et commençâmes à manger en silence. Des haricots et des patates douces chauffaient dans un trou creusé dans la terre, rempli de braises. Je n'arrivais pas à formuler les questions qui me brûlaient les lèvres. Un long voyage se préparait.

Finalement, mon père posa son écuelle, s'essuya la bouche du revers de la main et vint à mon secours :

— Les gardes vont emmener le peuple de Tulà loin de ce lieu maudit. Les prêtres partiront avec eux. Les soldats auront besoin de leur savoir pour que les dieux accordent leur bénédiction à la nouvelle cité qu'ils comptent fonder.

Croyant comprendre à ses paroles qu'ils allaient y aller sans moi, je pinçai les lèvres.

— Nous les rejoindrons après, poursuivit Opoche, qui devinait tout. Les anciens ont discuté toute la nuit. Au début, beaucoup voulaient partir en abandonnant la cité à son sort. Mais ton grand-père et les prêtes ont insisté. Nous ne trouverons jamais la paix si nous ne rétablissons pas l'Équilibre. Partir ne résoudrait rien, car le monde d'En-haut tout entier serait voué au chaos, et nous ne trouverions nulle part où nous réfugier.

J'opinai, sans l'interrompre. J'avais envie de lui demander ce qu'ils comptaient faire. Quelle part serait la mienne. Mais je me contentai de terminer mon bol de cacao en grimaçant. C'était amer et épicé, comme ce qui nous attendait…

— Dès que le camp sera levé, poursuivit mon père. Notre petit groupe retournera à la cité. Tu vas nous guider jusqu'à la salle des piliers, Nah. Avec le crâne de cristal.

QUETZALCOATL

— Je peux y aller seul, tu sais, murmurai-je, comme si l'Itzil de mes souvenirs pouvait m'entendre. J'avais besoin de cela pour me croire courageux. Intérieurement, je me disais : « non, je ne veux pas retourner là-bas ! » mais la voix du Jaguar blanc me chargeant de sauver le roi Topiltzin résonnait encore dans ma tête. J'étais trop jeune pour réaliser que l'impétuosité et le courage sont deux sentiments différents. Il nous fallait un plan, sinon posséder le crâne et fanfaronner ne servirait à rien.

— Et tu ferais quoi, mon garçon ? demanda mon père.

Il m'ébouriffa avant de me serrer contre lui. Un instant, j'eus l'impression d'être redevenu le petit garçon d'hier, celui dont les dieux avaient dérobé l'innocence. Je fermai les yeux pour mieux savourer ce moment de tendresse, conscient des dangers qui nous attendaient.

Opoche reprit :

— Les prêtres ne veulent pas nous accompagner. Ils disent qu'en aucun cas ils ne peuvent affronter les dieux puisqu'ils sont là pour les servir. Par contre, ils nous ont expliqué comment utiliser les crânes de cristal pour renvoyer le Serpent à Plumes dans sa dimension. Et, peut-être, ramener Topiltzin dans la nôtre.

Je m'écartai de lui pour le dévisager :

— C'est vrai ? C'est possible ?

Je m'étais imaginé toutes sortes de choses. Devrais-je pénétrer dans l'En-bas, affronter des monstres et les vaincre, pour libérer mon roi des Enfers ? Les explications d'Opoche, bien que succinctes, m'ouvraient des perspectives plus sombres et je me surpris à espérer. Mon père poursuivit :

— J'ignore si ce qu'ils ont dit est vrai, Nah. Eux-mêmes en doutent... Tout ce dont nous disposons, ce sont des récits transmis entre prêtres de bouche à oreille, génération après génération, depuis la nuit des temps. Ils disent que ces crânes, placés d'une certaine façon, recèlent un pouvoir magique immense qui peut nous aider dans notre mission. Mais au fond, si tu n'avais pas vu de tes yeux Quetzalcóatl trembler de peur parce que tu détenais le sien, je n'y croirais pas un instant...

Il avait raison.

Vers midi, l'exode des habitants de Tulà commença. Ils n'emportaient presque rien, sinon des vivres, quelques amulettes, des outils et des vêtements de rechange. Les Yaquis marchaient sur les côtés du cortège, avec les gardes. Ces derniers avaient compris que les Indiens, si longtemps méprisés, leur seraient d'une aide précieuse pour protéger, nourrir et guider ces innombrables exilés à travers la forêt, les montagnes et les déserts volcaniques qu'ils devraient traverser.

Popoyotzin avait désigné mon frère Ep' pour lui succéder en tant que chef des Yaquis. Ce choix avait fait l'objet de longues palabres ces derniers jours, comme mon père me l'expliqua plus tard. Les prétendants étaient nombreux, au village, depuis qu'Opoche, fils unique de Popoyotzin, avait choisi de devenir sculpteur et non chasseur.

Désigner son petit-fils comme successeur alors que ce dernier n'avait jamais fait ses preuves autrement qu'en tant qu'homme-volant, était contestable. Mais Ep' avait survécu à une attaque de Quetzalcóatl — il portait encore les traces des serres sur sa gorge — et n'avait jamais fait faux bond au village. Par ailleurs, il était apprécié par les gardes qui l'avaient vu s'entraîner à leurs côtés, et si le Serpent à Plumes n'avait pas pris sa place lors de la dernière partie de pelote, il aurait eu l'honneur de figurer dans l'une des équipes, ce qui ne s'était jamais vu pour un Yaqui.

Je confiai Itzil à mon frère. Pour la première fois, Ep' ne se moqua pas de moi et ne fit aucun commentaire. Il hocha seulement la tête en me fixant droit dans les yeux, serment muet qui suffit à me rassurer. J'aurais bien voulu embrasser mon amie une dernière fois, mais elle était encore plus froide que la veille. Enveloppée dans un drap de laine multicolore, elle se contenta de murmurer :

— Bonne chance, Nah.

Je n'insistai pas.

Grand-Père, Opoche, une poignée de gardes mayas appartenant à la garde personnelle du roi, les deux nains et moi-même, les regardâmes disparaître dans la forêt, le cœur serré. Quelque part, des singes hurleurs manifestèrent leur contrariété de voir leur domaine ainsi envahi. Nous nous retrouvâmes seuls dans la Main d'Itzammà. Il était temps de nous mettre en route à notre tour.

CLAIRE PANIER-ALIX

CHAPITRE 12

Nah raconte…

Tulà était déserte. Les pierres elles-mêmes paraissaient sans vie, déjà grignotées par le temps et par l'oubli. Un vent brûlant courait dans les rues, charriant poussière et déchets de toutes sortes. Certaines stèles avaient été renversées avec rage par le dieu-serpent. Elles gisaient, brisées, au pied des temples.

Quetzalcóatl avait laissé sa colère et sa frustration dévaster la cité. En chassant le dieu de la pluie, il avait livré les lieux à une sécheresse surnaturelle rendant méconnaissable le pays qui m'avait vu naître. À l'expression de mon père, je compris que le rêve pacifique de notre roi venait d'être réduit à néant : Tulà n'était de nouveau plus qu'un amas de ruines abandonné aux lézards et au vent.

Nous traversâmes la longue avenue entrecoupée d'escaliers jusqu'à l'antique pyramide. Rien ne laissait penser que le Serpent à Plumes fût encore dans les parages, mais nous restions sur nos gardes. Seuls les nains semblaient sereins, mais comment savoir ce que ces deux-là pouvaient penser ou ressentir ? Ils avaient exigé de venir avec nous, affirmant que si nous refusions, ils nous suivraient de toute façon. Le plus laid s'était entretenu avec Grand Père, et le vieux chef s'était incliné. Les nains étaient les plus proches serviteurs du roi et l'amour qu'ils lui portaient justifiait aux yeux de Popoyotzin leur présence à nos côtés. Pour ma part, j'avais vu dans l'œil d'Itzil la répulsion et la crainte que lui inspiraient les deux petits hommes au corps difforme.

Mes autres compagnons surveillaient le ciel comme s'ils craignaient que le dieu usât de ses pouvoirs et leur fît tomber sur la tête des trombes d'eau bouillante ou des grêlons aussi gros que les blocs de pierre renversés par le Serpent à Plumes. D'après les légendes mayas, les dieux avaient déjà détruit à plusieurs reprises notre monde sous le coup de la colère ou de la déception, c'est pourquoi les craintes des soldats étaient justifiées.

— Si Quetzalcóatl en avait eu la possibilité, il aurait depuis longtemps usé de sa magie pour récupérer son bien et nous pulvériser ! grommela Grand-Père à leur adresse.

Ils n'avaient pas l'air convaincu. Alors que nous pénétrions dans le palais désert, moi en tête de cortège, je renchéris :

— Il a raison. Le Serpent à Plumes est effrayant et sans aucun doute très puissant, mais il reste enfermé dans le corps du roi. Tant que cela durera, ses pouvoirs seront diminués. Il faut le renvoyer dans l'En-bas avant qu'il ne se soit trop tard.

— Tu parles... lâcha l'un des soldats en mettant sa main dans l'empreinte quatre ou cinq fois plus grande laissée par une patte griffue dans la pierre du corridor.

— Qu'est-ce qui l'empêche de nous transformer en statues ? demanda Opoche, faisant allusion au mythe des hommes de pierre, bien connu des enfants yaquis. Il pourrait

QUETZALCOATL

facilement reprendre le crâne de cristal s'il disposait de tous ses pouvoirs divins.

Je souris intérieurement. Mon père avait dit cela d'une voix neutre, détachée. Nos compagnons n'osèrent pas protester davantage et nous poursuivîmes en silence notre chemin dans les couloirs sombres du palais. De temps en temps, hésitant, je m'arrêtais pour détailler les glyphes sculptés aux carrefours. Je sentais alors l'anxiété reprendre le dessus chez mes compagnons. La tension parvint à son comble lorsque nous nous heurtâmes à un éboulement.

— Il a obstrué l'entrée, me lamentai-je en regardant, impuissant, mon père et les gardes tenter de dégager le passage.

— De toute façon c'était une mauvaise idée, fit la petite voix aigrelette de l'un des nains.

— Oui, mais ce Nah n'est qu'un enfant, on ne peut pas attendre mieux de lui, renchérit l'autre, sarcastique.

J'eus envie de les rouer de coups, mais le timbre apaisant de mon père me coupa dans mon élan :

— Vous avez raison. Je suis sûr que vous connaissez un autre chemin. Après tout, vous viviez ici, non ?

— Notre maison, oui, c'est ça, acquiesça le plus laid des deux en faisant des manières. C'est notre maison, celle de notre maître. Nous la connaissons mieux que l'iguane ne connaît sa tanière de pierre !

L'un des guerriers bouscula le petit homme avec sa lance et le houspilla :

— Par où ? C'est tout ce qu'on te demande, nabot !

— Ne le maltraite pas ! grogna Popoyotzin. Il est l'un des nôtres.

Le soldat donna un autre coup au nain tout en maintenant le second à distance :

— Ils profitent des largesses du roi depuis toujours. Tout leur est permis. Mais ce sont des crétins, ils ne méritent pas qu'on les sauve. Ils n'ont pas protégé notre maître comme ils prétendaient le faire en contrepartie de leurs privilèges !

Les autres guerriers approuvèrent. Je sentais que les choses allaient dégénérer, sans comprendre de quoi il retournait. Opoche m'expliqua plus tard qu'une vieille rivalité existait entre les nains et les gardes, tous affectés au service du roi. À cause de leur difformité, les premiers bénéficiaient d'un traitement de faveur proche de la superstition. Ils se livraient à toutes les facéties et avaient libre accès aux secrets de leur maître.

De leur côté, les soldats étaient profondément dévoués à leur chef. Bien souvent, ils mouraient pour lui, au terme d'une partie de pelote, ou à la guerre. Ils haïssaient les deux nains qui étaient pour eux des parasites. Mes compagnons leur reprochaient visiblement de ne pas avoir démasqué tout de suite la supercherie de Tezcatlipoca. Peut-être même les soupçonnaient-ils d'avoir trahi le roi Topiltzin.

QUETZALCOATL

Ce n'était pas le moment de se quereller, et Grand-Père y mit bon ordre en décrétant que ce serait au roi de juger à son retour.

— Alors, vous connaissez une autre voie d'accès au cenote, oui ou non ? demanda de nouveau Opoche en aidant le petit homme à se relever.

Le regard torve que celui-ci lança au soldat par dessus l'épaule de mon père ne m'échappa pas. En écoutant sa réponse, je me promis de le garder à l'œil :

— Oui, par les appartements royaux. Il y a un passage secret…

Nous perdîmes un temps précieux en revenant en arrière. L'idée d'accéder à la salle des piliers par un autre côté ne me plaisait qu'à moitié, car j'avais l'impression qu'en perdant mes repères et en laissant ma place de guide aux nains, je trahissais la mission dont m'avait chargé le dieu-jaguar. Mal à l'aise, je serrai contre moi le sac de toile contenant le crâne de cristal.

Les deux nains avaient tenu parole. En nous faisant passer par les appartements royaux, nous avions trouvé un autre réseau de souterrains pour nous rendre jusqu'au cenote.

Tout était calme. Je ne cessai de me demander où était passé Quetzalcóatl. Je voyais bien qu'à part les deux petits hommes, mes compagnons partageaient mon inquiétude. Grand-Père s'entretenait souvent à voix basse avec les soldats. Ses gestes et ses regards ne me trompaient pas : c'est lui qui m'avait initié à la chasse, me montrant comment déjouer les pièges des grands prédateurs et survivre dans la forêt. L'une des premières choses que j'aie apprises dans la vie, c'est qu'on peut toujours être sûr que dans les moments critiques, ceux où l'on baisse la garde car on se croit seul, l'ennemi, qui a des yeux et des oreilles partout, nous observe.

Je voulus descendre le premier dans la grotte, mais Opoche m'en empêcha. Deux des guerriers mayas passèrent devant, pour allumer au passage les lumignons fichés sur la large échelle. La caverne nous parut déserte, mais elle était hantée par les ombres mouvantes de nos torches, ce qui empêchait toute certitude. Il y avait trop de recoins, de renflements obscurs, de fissures pouvant servir de cachettes...

Comme il fallait bien nous décider, mon père rejoignit les soldats, puis nous fîmes de même. Nous regardions autour de nous avec suspicion, mal à l'aise. Le capitaine des gardes posa la main sur le pommeau de sa hache de pierre. Ses yeux allaient et venaient sans arrêt, comme s'il s'attendait à tout instant à une embuscade.

Sereins, les deux nains firent le tour du bassin, courant et faisant les pitres, comme à leur habitude. Dans ces lieux sinistres, leurs galipettes me parurent saugrenues, mais je comprenais maintenant pourquoi le roi avait besoin de s'entourer d'eux lorsqu'il descendait jusqu'ici. Cet endroit puait la mort. La folie décalée de ces deux êtres difformes rendait les lieux moins effrayants.

Un bruit nous fit sursauter.

— Qu'est-ce que c'est ? s'exclama l'un des hommes, à bout de nerfs.

QUETZALCÓATL

— Une pierre a dû se détacher de la voûte et tomber dans l'eau du cenote, expliqua mon père d'une voix détachée.

Calme comme à son ordinaire, Opoche était occupé à détailler les sculptures d'un des piliers. Il les caressait du bout des doigts, appréciant leur finesse et la moindre de leurs courbes. Dès notre arrivée dans la salle, il m'avait fait signe pour que je lui montre la colonne de Quetzalcóatl, celle que j'avais privée de son crâne de cristal.

Plus prosaïques, Grand-Père et les soldats s'attaquaient aux niches des autres piliers de pierre qu'ils dépouillaient des précieux crânes pour placer ceux-ci sur les colonnes, conformément aux indications des prêtres. Les faces de cristal furent toutes tournées vers le centre du bassin. Mon estomac se noua lorsque mes compagnons s'immobilisèrent en me fixant.

Le crâne de Quetzalcóatl me sembla lourd, soudain.

Le moment était venu.

C'était le dernier. Il se trouvait encore dans mon sac. Si les prêtres avaient dit vrai, pour que tout fût terminé il suffisait que je le place sur son pilier, comme les autres. Alors, les orbites translucides des treize crânes de cristal convergeraient ensemble vers le centre du cercle sacré, révélant le pouvoir des Anciens, qui seul pouvait contraindre Quetzalcóatl à quitter notre monde…

Dans ma tête, la voix suppliante mais impérieuse du Serpent à Plumes rugit une fois encore : « Ne fais pas ça, Nahh ! »

Je déglutis. Déjà, le capitaine des gardes marchait vers moi avec impatience, les mains tendues vers ma gibecière.

Pétrifié, je vis un morceau de la voûte se détacher et tomber lentement vers nous, soufflant au passage la plupart des lampes. C'était un grand bout de ténèbres qui s'était arraché à la roche luisante d'humidité pour descendre en planant, porté par ses immenses ailes de cuir et d'écailles couleur émeraude, la gueule largement ouverte sur deux crochets d'une pâleur d'ivoire.

Je n'eus pas le temps de crier. Quetzalcóatl écarta les mâchoires en un rictus désespéré, laissant un filet liquide d'un blanc visqueux couler lentement le long de ses terribles crocs. Du venin ! Sous nos yeux horrifiés et incrédules, le dieu releva la tête dans un sourire qui nous glaça le cœur et se jeta sur le malheureux capitaine. Sa gueule se referma sur sa nuque. Le Serpent à Plumes l'emporta dans les airs en le tenant par la tête et le projeta violemment contre la paroi rocheuse.

Je devinai que le soldat était mort dès que le venin avait pénétré sa chair. La vision de sa dépouille disloquée me mit en rage. Je sortis fébrilement le petit crâne de cristal du sac et le brandis en hurlant :

— Tu l'auras voulu !

Et je commençai à frapper le pilier de Quetzalcóatl avec le précieux objet pour le fracasser, sans y parvenir. Le Serpent à Plumes me regardait, visiblement épouvanté, voletant au-dessus du puits comme un oiseau mouche. Le dieu commença à rugir et son cri emplit la caverne au point de faire frémir la roche. Des plaques se détachèrent des parois pour se briser avec fracas sur le sol.

Un bloc écrasa l'un des deux nains, au grand désespoir de son compère désemparé. Grand-Père eut juste le temps de l'écarter avant qu'il ne subisse le même sort. Des bras me ceinturèrent tandis que des mains calleuses — des mains de sculpteur — me prenaient le crâne de cristal. Je reçus une bonne paire de gifles. Alors je retrouvai mon sang froid.

Mon père me regardait avec gravité.

Autour de nous, c'était le chaos. Le Serpent à Plumes continuait de rugir et de frapper les murs et la voûte de la caverne sacrée. À un moment, je vis son flanc se fendre et son regard croisa le mien. C'était le regard du Quetzalcóatl que j'aimais. Bouleversé, je le vis vaciller. Déséquilibré dans son vol, il frappa les eaux du cenote avec sa queue et reprit un peu d'altitude. Ses flancs se zébrèrent sans qu'on pût voir qui lui portait ces terribles coups.

Je crus d'abord être à l'origine de ces atroces blessures, mais le crâne de cristal était intact. Une ombre me tira l'œil vers le bassin, glissant sous les eaux laiteuses. Tezcatlipoca, prisonnier de l'En-bas depuis sa défaite, cherchait encore à se venger en profitant de la Porte entrouverte. Qui savait de quels pouvoirs il disposait encore ?

Il y avait un tel désarroi dans les yeux de Quetzalcóatl ! Le dieu ailé souffrait, c'était une terrible manière de réaliser son rêve d'expérimenter les sensations humaines !

— Je te demande pardon, mon ami ! lui criai-je avant de reprendre le crâne des mains de mon père et de me hisser sur la pointe des pieds.

Opoche me souleva du sol pour que je sois à la bonne hauteur. En un instant, le crâne fut en place.

Le hurlement de souffrance du Serpent à Plumes me glaça le sang. Il me fallut tout le courage du monde pour me retourner et le regarder. J'ignorais — nous l'ignorions tous — ce qui se passerait une fois les crânes disposés sur leur pilastre respectif.

D'abord, il y eut un silence terrible.

Puis un sifflement strident nous déchira les tympans et une lumière d'un blanc aveuglant remplit la caverne.

Quetzalcóatl brûlait, prisonnier d'un filet de feu craché par les orbites vides des idoles de cristal, auréolé d'un plumage fait de flammes multicolores. Le dieu ailé expérimentait tout à la fois cette souffrance et ce plaisir dont il avait toujours rêvé. C'est le spectacle le plus sublime et le plus atroce que j'aie pu voir de ma vie. Pourtant, à ce moment-là, le visage baigné de larmes, je me révoltai. Non, cela ne pouvait se terminer ainsi. Je ne pouvais pas avoir été l'instrument de la perte du plus humain et du plus sublime des dieux mayas.

Le terrible rayonnement généré par les crânes devint si violent que nous ne vîmes bientôt plus que les contours frissonnants du Serpent à Plumes supplicié. Son cri parut absorbé par les idoles et le silence recouvrit tout.

QUETZALCOATL

Cela dura un court instant, pendant lequel mon cœur s'éteignit aussi. Du moins c'est l'impression que j'eus devant ce spectacle bouleversant. Je sentis le bras de mon père enfermer mes épaules, sa tête se poser sur la mienne, mais je n'éprouvais rien. J'avais perdu Itzil, j'avais participé à la mort d'un dieu, plus rien n'avait d'importance. Je pouvais mourir à mon tour.

Mais le silence fut remplacé par un chant que j'entends encore aujourd'hui, soixante-ans après ces événements, à chaque fois que je ferme les yeux et que j'y repense.

Stupéfait, je baissai les yeux vers le cenote dont les eaux paraissaient bouillonner. La voix qui chantait venait de là.

Et cette voix, je la connaissais.

Le cœur du bassin sacré s'évida, exactement sous le corps embrasé de Quetzalcóatl. Le visage du roi captif, Topiltzin, émergea à cet endroit, semblant lui aussi taillé dans du cristal. Sa bouche était grande ouverte, comme lors des cérémonies quand il honorait les dieux en psalmodiant. Il me sembla que quelque chose entourait sa gorge pour tenter de l'empêcher de chanter. Le crâne transparent de Topiltzin saignait abondamment, mais son regard était bien vivant. Il souriait. Mon roi savait sans doute qu'il avait réussi, qu'il s'était échappé du monde d'En-bas.

À peine sa tête fut-elle hors de l'eau que les rayons ardents qui brûlaient le dieu ailé rebondirent sur leur cible pour s'enfoncer dans le bassin sacrificiel.

CLAIRE PANIER-ALIX

Dès qu'il fut touché par le feu des crânes de cristal, le roi de Tulà fut arraché à la cruelle étreinte de Tezcatlipoca dont les tentacules faites d'ombres furent littéralement réduits en cendres. Le dieu de la Nuit retomba dans les ténèbres de l'En-bas en hurlant de dépit, tandis que Topiltzin était projeté dans la masse incandescente qui avait été le Serpent à Plumes. Ils se mirent à tournoyer tous deux jusqu'à ne plus faire qu'un, pour de bon cette fois. Il y eut un ultime fracas lumineux et les crânes de cristal redevinrent inertes.

Abasourdis, serrés les uns contre les autres, mon père, mon grand-père, le nain, les soldats et moi-même, crûmes que nous étions devenus aveugles. Nos rétines mirent longtemps avant de se défaire de cette empreinte de feu.

Patient, l'Être Blanc attendait que nous revenions à nous, flottant au-dessus du cenote. Il avait les ailes de Quetzalcóatl et le corps de Topiltzin. Son visage était d'une beauté sans pareille. Une force et une douceur incroyables émanaient de lui, de son regard, de son sourire.

— Je dois partir pour disperser les crânes de cristal de par le monde afin que personne — ni dieu ni homme — ne puisse activer inconsidérément le pouvoir de vie dont ils étaient la clef. Mais ne craignez rien, je ne vous abandonne pas pour autant !

Devant notre désarroi, la fabuleuse créature poursuivit :

— Si un jour, Tezcatlipoca s'avise de nouveau de tenter quelque chose pour vous nuire, je répondrai aussitôt à vos prières et reviendrai vous sauver. Je ne veux pas que vous pleuriez mon départ. Poursuivez mon rêve, érigez de grandes cités où les arts et les sciences rivaliseront pour le bonheur de tous ! Je crois en l'humanité, j'ai confiance en vous, parce que désormais je connais vos faiblesses…

Il posa son merveilleux regard sur moi et me sourit.

— …et aussi parce que je sais que vous pouvez vous surpasser pour défendre ce qui mérite de l'être, conclut-il.

Nous ne savions pas quoi dire.

J'avais le cœur serré. J'étais fier, et très malheureux aussi.

L'Être Blanc dut s'en rendre compte, car il dessina avec son doigt un grand cercle devant lui et le poussa comme s'il s'agissait d'une porte, dévoilant un paysage qui m'était inconnu.

Des hommes bâtissaient une pyramide. D'autres sculptaient nos profils sur des colonnes qui ressemblaient en tout point à celles de l'ancienne capitale, Tollan, qu'Itzil m'avait décrite. Une foule que je reconnus petit à petit, s'activait sur les ruines d'une cité lointaine. C'était mon peuple, et celui de Tulà.

L'Être Blanc me dit :

— Ils se trouvent de l'autre côté de ce couloir du Temps, Nah. Ils ont marché pendant plus de dix années avant de trouver ces pierres abandonnées aux serpents et aux lianes. Je vous ouvre cette porte afin que toi et tes amis parveniez là-bas avant eux. Vous les attendrez, et je ferai apparaître l'Etoile du Matin de façon si spectaculaire que nul ne pourra mettre en doute le fait que vous soyez mes protégés. Toi, Nah, tu devras lutter pour affirmer ton autorité, car malgré les astres, les prêtres ne voudront pas te laisser régner sans eux.

Comme je ne comprenais pas, l'Être Blanc reprit :

— Tu vas emporter mon idole de cristal et la cacher dans un endroit que tu seras seul à connaître. Tes enfants et les enfants de tes enfants devront garder ce secret. Tes compagnons de route témoigneront auprès de ton peuple et des Mayas que je t'ai désigné pour me succéder à leur tête. Ma colère s'abattra sur eux s'ils ne suivent pas mes consignes. Et puis, désormais, tu portes ma marque…

Il tendit l'index vers ma chevelure. Je constatai que sous le coup de l'extrême frayeur que je venais d'éprouver, ma natte avait blanchi. Mon père me chuchota :

— Tes yeux, Nah… Tes yeux…

Je n'étais pas aveugle, mais mes prunelles étaient devenues plus blanches que le lait. La couleur de Quetzalcóatl.

L'Être me sourit et poursuivit :

— Après vous avoir quittés, ils ont marché pendant dix ans vers l'orient avant d'atteindre le royaume perdu du peuple Itzà, où ils ont décidé de s'établir. Pour les rejoindre sans attendre, il vous suffit de passer ce porche d'air. Ils ont besoin de vous, car les prêtres qui les accompagnent sont faibles et soumis à des dieux barbares rencontrés au cours de leur épopée. Allez-y sans attendre davantage, faites un bond dans le temps et consacrez cette cité à mon nom. En échange, je vous protégerai. Le royaume de Chichen Itzà vous attend…

QUETZALCOATL

En prononçant ces mots, il me montra une jeune femme aux traits marqués et au regard dur. Elle portait la robe des femmes-shamans et la plume noire de Tezcatlipoca.

C'était Itzil, dans le futur. Un petit garçon marchait à ses côtés. Ses cheveux flottaient dans la brise du matin, légers comme un duvet, moirés de vert et de rouge. Il avait la peau très pâle et le regard de bête de Quetzalcóatl.

— Le peuple de Tulà et les Yaquis ont traversé des montagnes hostiles et des forêts malsaines. Ils ont croisé des populations qui ne voulurent pas d'eux. Ils ont fait la guerre. Parfois, ils sortirent vainqueurs et parfois, non. Beaucoup sont morts. Des enfants sont nés. L'un d'eux, le fils d'Itzil, porte mon sang et ma marque. Ils lui ont refusé le trône, bien qu'Itzil soit ma seule famille. Ils se sont battus pour se choisir un chef et, après dix ans d'errance, ils se déchirent encore, clan contre clan. Mon fils aura besoin de toi, Nah, pour devenir un bon roi quand il sera grand, car sa mère n'a pas complètement renoncé au *vent de la nuit…*

C'est ainsi que je devins le premier indien yaqui à régner sur des Mayas, mais c'est une autre histoire. Mes compagnons et moi laissâmes le cercle d'air ouvert dans le tissu du temps par Topiltzin Quetzalcóatl, se refermer sur nous et sur les ruines de Tulà Teotihuacàn. Nous nous retrouvâmes, hébétés et fiers, sur la plus haute plateforme d'une pyramide en ruines. Il faisait nuit. Au loin, dans la plaine, un ruban lumineux avançait vers nous. C'étaient les torches de la population de Tulà qui arrivait au terme de son long voyage.

CLAIRE PANIER-ALIX

Au moment où ils pénétraient dans la cité du peuple Itzà, depuis longtemps disparu, l'étoile du Matin se mit à briller et à palpiter si fort qu'on y vit presque comme en plein jour. Tous les visages des voyageurs exténués se levèrent et me regardèrent, auréolé de cette lumière magnifique, avec mes yeux étranges qui ressemblent à de l'argent fondu. Ils tombèrent à genoux au pied du temple abandonné qui s'offrait à eux.

Tous, sauf Itzil, qui fronçait les sourcils car elle m'avait reconnu, ainsi que son fils dont le regard me percevait déjà comme un adversaire.

FIN.

QUETZALCOATL
GLOSSAIRE

Astronomie
Vénus, aussi connue comme *« l'étoile du matin »,* impressionna tant le peuple de Tulà qu'il l'identifia au dieu Quetzalcóatl. Les Mayas étonnent encore les scientifiques modernes par la précision de leurs calculs astronomiques.

Cenote
Puits naturel. C'était l'une des principales sources d'eau potable des Mayas. On y jetait des gens pour remercier les divinités de leurs bienfaits. On pensait aussi que ces trous d'eau étaient des portes entre le monde des esprits et le nôtre…

Chak mol
Statue représentant généralement un homme couché sur le dos, jambes fléchies, appuyé sur les coudes. On déposait sur son ventre des offrandes, la plupart du temps le cœur des suppliciés, que l'on brûlait.

En-bas
L'En-Bas était un lieu terrifiant, demeure des démons et des dieux de la mort. C'était la résidence des neuf divinités du mal. C'est là que les esprits des défunts étaient mis à l'épreuve avant de pouvoir renaître.

Katùn
Cycle de sept mille deux cent jours, au terme duquel la fin du monde risquait d'arriver si les dieux n'étaient pas satisfaits des offrandes faites en leur honneur.

Maya

Le peuple maya est apparu aux alentours de 2600 av. J.-C. et il a atteint son apogée vers 250 apr. J.-C. dans le territoire constitué aujourd'hui par le Mexique, le Guatemala, le Belize, le Honduras et le Salvador avant de disparaître brutalement. Héritiers de civilisations plus anciennes, les Mayas ont mis au point l'astronomie, les mathématiques, des calendriers très complexes, une écriture hiéroglyphique, et bâti des pyramides rivalisant avec celles de l'Égypte. Ils ne connaissaient ni le fer, ni les chevaux.

Peyòtl

Aussi appelé « mescaline », c'est une drogue tirée d'un petit cactus. Les sorciers l'utilisent depuis la nuit des temps pour « parler aux esprits ». Il est réputé extrêmement dangereux.

Quetzal

Oiseau très rare dont les rois mayas utilisaient les merveilleuses plumes bleu-vert, très longues, pour leurs costumes de cérémonie. Le nom du dieu *Quetzalcóatl*, signifie : *Celui qui porte la parure de quetzal.*

Quetzalcóatl

Sans doute le dieu le plus puissant d'Amérique Centrale, il est considéré comme le créateur. Il détient le pouvoir de rendre la vie en sacrifiant la sienne. Il commande aux quatre éléments (terre, eau, feu et air) avec une préférence pour les vents. Il porte de nombreux noms, dont le plus courant chez les Mayas était Kukulkan. Son frère, Tezcatlipoca, le dieu sorcier, est son rival de toujours. C'est parce que Tulà fut découverte, déserte et fabuleuse, par les Aztèques bien après le départ des Mayas,

QUETZALCOATL

que ces derniers la baptisèrent Teotihuacan, la cité où naissent les dieux. Or, la pyramide dédiée au Serpent à Plumes, hérissée de têtes de pierre à son éphigie, les impressionnèrent fortement. Ils reconnurent immédiatement leur dieu, Quetzalcoàtl, dans ce Kukulkan d'un autre âge. Si j'ai choisi d'utiliser ce nom plutôt que celui que lui donnaient les Mayas, c'est parce qu'il est emblèmatique, et parce que mes héros ne sont pas Mayas mais Yaquis. C'est un choix contestable mais voulu. Ce dieu-oiseau, ce dieu-quetzal devait revêtir ses atours évocateurs.

Topiltzin

Vers 968 ou 980 de notre ère, au nord de l'actuelle Mexico, Topiltzin se débarrassa de l'usurpateur qui avait assassiné son père et devint le prêtre-roi de Tulà. Il était considéré comme l'incarnation du dieu Quetzalcóatl. Peu avant l'an 1000, Topiltzin et ses partisans furent chassés par les adorateurs du sanguinaire dieu Tezcatlipoca parce qu'ils avaient essayé de supprimer les sacrifices humains. On dit qu'avant de disparaître en direction de la mer, le roi Topiltzin aurait promis de revenir sauver son peuple en prenant l'aspect d'un homme blanc et barbu, venant de l'Est. Plusieurs siècles plus tard, en 1519, lorsque les Conquistadors envahirent l'Amérique centrale, le roi aztèque Montezuma crut que Topiltzin revenait, et accueillit Cortès comme un dieu. Ce dernier massacra les Indiens pour s'emparer de leurs trésors...

Yaquis

CLAIRE PANIER-ALIX

Indiens du nord-ouest du Mexique, vivant de nos jours dans les basses terres côtières et sur les rives du fleuve Yaqui.

QUETZALCOATL

Imprimé à la demande en Allemagne
Dépôt légal decembre 2019